Los besos del jeque
Natasha Oakley

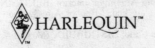
HARLEQUIN™

Editado por HARLEQUIN IBÉRICA, S.A.
Núñez de Balboa, 56
28001 Madrid

© 2008 Natasha Oakley. Todos los derechos reservados.
LOS BESOS DEL JEQUE, N.º 2266 - 20.5.09
Título original: Cinderella and the Sheikh
Publicada originalmente por Mills & Boon®, Ltd., Londres.

I.S.B.N.: 978-84-671-7258-4
Depósito legal: B-11251-2009
Editor responsable: Luis Pugni
Preimpresión y fotomecánica: M.T. Color & Diseño, S.L.
C/. Colquide, 6 portal 2 - 3º H. 28230 Las Rozas (Madrid)
Impresión y encuadernación: LITOGRAFÍA ROSÉS, S.A.
C/. Energía, 11. 08850 Gavá (Barcelona)
Fecha impresión Argentina: 16.11.09
Distribuidor exclusivo para España: LOGISTA
Distribuidor para México: CODIPLYRSA
Distribuidores para Argentina: interior, BERTRAN, S.A.C. Vélez
Sársfield, 1950. Cap. Fed. / Buenos Aires y Gran Buenos Aires,
VACCARO SÁNCHEZ y Cía, S.A.
Distribuidor para Chile: DISTRIBUIDORA ALFA, S.A.

CAPÍTULO 1

—¿DEBERÍA conocerlo? —Polly Anderson movió la foto sobre la mesa de forma que pudiera verla más claramente.

Su amiga sonrió.

—¿Te has olvidado las lentillas esta mañana?

—No me las he olvidado —Polly aceptó el café solo que le dio Minty y lo sorbió—. Me acosté muy tarde anoche, y tengo los ojos como si estuvieran llenos de arena, para que te enteres.

—Y eres demasiado coqueta como para usar gafas, por supuesto.

Polly hizo un gesto de disgusto. Lo que pasaba era que no sabía dónde las había puesto. Dejó la taza azul y blanca en la mesa y dijo:

—Estoy segura de que no lo conozco. No es el típico jeque que hace negocios con Anthony.

—¿Quieres decir que no es gordo ni viejo?

—Algo así.

Minty se rió sensualmente y deslizó otra foto sobre la mesa.

—Tienes que verlo sin el turbante. Así se queda sólo en alto, moreno y deliciosamente peligroso.

—Es guapo —dijo Polly, mirando la imagen de un hombre increíblemente atractivo.

Realmente era muy guapo. Su vista no estaba tan mal como para no poder ver eso. Lo más llamativo eran sus ojos, inesperadamente azules en una cara que era inconfundiblemente árabe.

Tenía un aspecto exótico y familiar al mismo tiempo. Y era increíblemente sexy. Esos ojos parecían prometer sentimientos y sensaciones que ella no había experimentado aún. O que había experimentado muy poco.

Polly sonrió. Tal vez se pareciera más a su escandalosa tatarabuela de lo que había pensado. Ése era un pensamiento interesante, y probablemente uno que su madre hubiera preferido que no tuviera.

—¿Quién es? —preguntó Polly.

—Oficialmente, su alteza el príncipe Rashid bin Khalid bin Abdullah Al Baha. Pero entre los occidentales se lo conoce como el jeque Rashid Al Baha. Mucho más sencillo. Tiene veintinueve años, mide un metro ochenta y cinco, es soltero, le gusta montar a caballo y es rico hasta no dar más —Minty se inclinó hacia delante—. Y es terriblemente sexy.

Polly se rió.

—No es que estés interesada ni nada...

—En realidad, no lo estoy. Es el segundo hijo del príncipe Khalid. El que tuvo con su esposa inglesa. Y es mejor no cruzarse con él. Es un mujeriego incorregible.

—Oh, de acuerdo. He oído hablar de él —la interrumpió Polly—. Es el jeque playboy de Amrah, ¿no?

Minty asintió.

—Es él. Es un auténtico donjuán. Y con lo único que se compromete es con los caballos. Yo no entiendo nada de ese tema, pero es una persona importante en el mundo de los caballos. Los cría o algo así. Por eso he pensado que lo conocerías, por tu hermanastro. Pero si no es así, no importa. Nos arreglaremos.

Polly tomó la foto en que el hombre estaba vestido más tradicionalmente y la extendió delante de ella. Minty tenía razón. El príncipe Rashid era muy sexy. Si hubiera ido a Shelton ella lo habría recordado.

—Vinieron un par de jeques de Amrah, pero ambos eran mayores. Y no creo que fueran de la familia real, porque Anthony se habría mostrado más impresionado. Puedo conseguirte sus nombres si te hacen falta.

Minty agitó la cabeza y se agachó para abrir la carpeta que estaba contra la pata de la silla.

—No me hacen falta. De todos modos, échale un vistazo a su hermano mayor –dijo Minty–. Su alteza el príncipe Hanif bin Khalid bin Abdullah Al Baha. Aunque él tiende a reducirlo a jeque Hanif Al Baha. ¿Y quién puede culparlo por ello?

Polly agarró la foto.

—Ahora que su padre está tan enfermo, Hanif es probablemente quien deberíamos hablar –dijo Minty lentamente, con la mirada centrada en sus notas–. Los dos tienen el «bin Khalid bin Abdullah Al Baha», exactamente igual. No es muy imaginativo, ¿no? La única diferencia está en el nombre propio, Hanif o Rashid –dijo Minty.

Había más diferencia entre los hermanos que ésa. El jeque Hanif parecía una persona seria y responsable, si pudiera decirse algo así sólo por una foto. Quizás tuviera un toque de tristeza en sus ojos oscuros...

Pero Rashid era otra cosa. Tenía un aire inquieto y peligroso. ¿Por qué serían tan atractivos los chicos malos?, se preguntó.

—Ninguno de los dos ha estado en Shelton, estoy segura —dijo Polly—. Ambos tienen veinte años menos que los hombres a los que conocí.

—¡Tienen unos nombres tremendos! Soy incapaz de retenerlos en la memoria... El padre es el príncipe Khalid bin Abdullah bin Abdul-Aalee Al Baha... ¡Buf!

—«Bin» significa «hijo de» —dijo Polly, dejando las fotos y agarrando el café—. Piénsalo como si se tratase de un árbol genealógico. Y Baha es el nombre de la familia del rey Abdullah.

—¡Ah! Eso lo deja todo tan claro como el lodo —dijo Minty—. Pero no importa. Mientras te cubras los hombros y no lleves minifaldas en Amrah, no habrá ningún problema, aunque no esté todo solucionado.

—Sí —Polly extendió las piernas—. No te preocupes, lo haré. Aunque es una pena ocultar mi mejor rasgo, ¿no crees?

—Es mejor eso que ser arrestada por inmoralidad en un lugar público.

—¿Hacen eso?

—La verdad es que no tengo ni idea, pero será mejor que no nos arriesguemos —al ver la cara de preocupación de Polly, Minty agregó—: No te preocupes. Tengo un equipo trabajando para que no haya ningún problema práctico. No te sucederá nada horrible, te lo prometo.

Polly asintió, aunque no pareció totalmente convencida.

–Y Matthew Wriggley, el historiador que nos ayuda, ha encontrado una información maravillosa sobre tu Elizabeth Lewis. Realmente excitante. Te encantará –Minty recogió las fotos y las puso en su carpeta–. Iba todo muy bien hasta que el príncipe Khalid cayó enfermo y quedó pendiente el permiso para filmar.

Polly no dijo nada. Tomó otro sorbo de café y esperó. Conocía a Minty desde hacía unos nueve años y sabía que había más.

–Así que ahora necesito que cultives al jeque Rashid, que consigas su apoyo y lo convenzas de que no tenemos nada que ver con ningún plan subversivo.

Polly frunció el ceño.

–Creí que habías dicho que teníamos que negociar con el hermano mayor ahora que el príncipe Khalid está enfermo.

–Sabía que no me estabas prestando atención. El jeque Hanif es el hermano con el que tendríamos que hablar, puesto que se piensa que es la mano derecha de su padre, pero es casi imposible acceder a él.

–¡Qué bien!

–Al parecer, está al lado de su padre todo el tiempo. Así que no nos queda otra opción que abordar al jeque Rashid.

–Ah.

–Quien, afortunadamente, tiene una bien documentada debilidad por las rubias inglesas.

–¡Qué afortunada soy! –dijo Polly secamente.

–¿Verdad? Y no sólo eso, además va a acudir a tu casa para la gran fiesta de caridad de este fin de semana. No tengo ni idea de por qué Rashid Al Baha no está también al lado de su padre, pero eso a nosotros no nos importa.

Polly agitó la cabeza. Debía de haber un error.

–Su nombre no está en la lista de invitados –dijo Polly con la serena certeza de alguien que la había revisado dos veces la semana anterior.

–Está. Está en el grupo del duque de Aylesbury.

–¿Cómo diablos lo sabes tú y yo no?

–En una aburrida cena estuve sentada al lado de un alumno de Eton que llevaba varias copas de más, y me lo comentó –Minty revolvió el café después de ponerle sacarina–. Al parecer, su hermano Hanif estuvo en Eton con el duque de Aylesbury y son amigos íntimos. Y la amistad es posible que se extienda al hermano pequeño también. Sea cual sea la razón, Rashid estará en Shelton el sábado.

Polly se echó hacia atrás en su silla y la miró, sorprendida.

–Así que, si haces bien tu papel de «encantadora dama del castillo» y consigues su apoyo, todo podría ir mucho más rápido –añadió Minty.

–¿Hacer qué? –preguntó Polly.

Minty levantó la mirada y se rió.

–Sabes a qué me refiero. A los extranjeros les encanta ese rollo del castillo y su dama. Llévalo a ver los Rembrandt o algo así. Háblale de tu madre, la duquesa viuda. Échate el pelo hacia atrás y míralo haciéndote la interesante... Y no se te ocurra decir que eres la Cenicienta del equipo. Le encantará –Minty miró por encima del hombro y luego volvió a mirar a Polly–. ¿Qué es ese ruido?

–¡Ah! ¡Es mi móvil! Lo siento –Polly revolvió su bolso–. Debería haberlo apagado.

Se le enganchó el bolso en el reposabrazos de la silla y, cuando consiguió abrirlo, el teléfono dejó de sonar.

–¿Una llamada importante?

–Probablemente, no. Era Anthony –respondió Polly y volvió a meter el teléfono en el bolso–. Lo llamaré más tarde.

–Me parece bien. Deja que solucione sus problemas él solito. Ya es hora de que haga algo.

Polly sonrió. Su lealtad a su fallecido padrastro hacía que se abstuviera de criticar a Anthony.

–¿Cuánto hace que murió Richard? –preguntó Minty de repente.

–Tres años. Casi. Hará tres años en mayo.

Era increíble cómo pasaba el tiempo. Pronto haría más tiempo que su madre era viuda del que había estado casada.

–El tiempo suficiente como para que Anthony se acostumbre a la idea de que tiene que dirigir él todo lo concerniente a Shelton.

Pero Anthony no mostraba ninguna inclinación por hacerlo.

–Y si su distinguida esposa pensara en otra cosa que no fuera sólo caballos, sería de gran ayuda –agregó Minty.

–Tendrán que arreglarse mientras yo esté fuera filmando –comentó Polly.

–Si conseguimos el permiso.

–Así es. Si lo conseguimos.

–No pareces muy interesada en el tema.

–No es verdad.

Lo que sucedía era que le costaba dejar Shelton. Cada vez que se imaginaba haciendo el equipaje y alejándose del castillo... no podía.

Y entonces se ponía a pensar en todo lo que había que hacer: en el baile de San Valentín, el fin de semana de Pascua... Actividades que recaudarían dinero para la conservación del castillo.

El problema era que a ella le importaba el castillo de Shelton. Se le había metido en los huesos. Y aquella propiedad había llegado a ser su razón de ser.

Y la verdad era que Anthony era quien debía amarlo. Era su dueño por derecho de nacimiento. Y, si ella no lograba poner distancia con el castillo, sería terrible.

Minty la observó entornando los ojos.

–Has estado de acuerdo en que es hora de que dejes Shelton. Y de que hagas un trabajo por el que te paguen como es debido.

Era verdad.

–No tienes ahorros, ni jubilación, ni una profesión que te ampare...

–Lo sé.

Era algo que no le quitaba el sueño, pero sabía que era un problema que tenía que solucionar.

Y sabía que Amrah podía ser una solución. El

primer intento real de cortar el cordón umbilical que la ataba al castillo.

–Bueno. Entonces sé agradable con el jeque Rashid y yo te conseguiré un vuelo en cuanto solucionemos el papeleo.

«Sé amable con el jeque Rashid». Era más fácil decirlo que hacerlo. No había forma de acercarse a aquel hombre.

Polly se escondió detrás de un extravagante arreglo floral para observarlo más fácilmente.

El jeque Rashid estaba sentado mirando el salón de baile; lo que llevaba haciendo toda la noche. Tenía una mirada de leve aburrimiento. Estaba callado. Tenía un gesto arrogante, casi maleducado.

Desde que había llegado había estado rodeado de mujeres guapas, pero él no les había prestado atención. Quizás estuviera tan acostumbrado a ello que ni se diera cuenta de que estaban allí.

No era nada fácil la misión que le había encargado Minty.

No era un tipo de hombre al que pudiera acercarse cómodamente. Era demasiado sexy. Demasiado alto. Demasiado atractivo. Demasiado poderoso.

Y, por lo que sabía, venía de una larga línea de hombres que habían tenido que afrontar muchas disputas tribales, años de ocupación colonial y violentos enfrentamientos que habían hecho de Amrah el país que era. Y todas aquellas experiencias habían modelado al hombre que lo regía.

Era extraño pensar que su tatarabuela había participado activamente en toda esa historia. O en una pequeña parte, al menos.

–¿Sucede algo malo?

Polly miró a su madre.

–No. ¿Por qué? –respondió.

–Estás frunciendo el ceño, algo poco característico en ti.

–Tengo que dejar de dar vueltas y ocuparme...

–Polly.

Polly se detuvo.

–Sólo quería decirte que has hecho un buen trabajo esta noche. Otra vez –su madre le tocó la mano–. Sé que Anthony no aprecia este tipo de actividades, pero yo sí.

–Lo sé –Polly espontáneamente se inclinó y le dio un beso en la mejilla a su madre–. ¿Tienes todo lo que necesitas? ¿Puedo traerte una copa?

La duquesa se rió.

–Estoy bien. Es mejor que no beba más champán porque, si no, me arrestarán por conducir borracha una silla de ruedas. Tú haz lo que tengas que hacer, cariño –dijo su madre.

–Manda a alguien que me avise si te quieres ir a la cama –dijo Polly viendo la cara de cansancio de su madre.

–No te preocupes. Estaré bien –de pronto se distrajo y dijo–: ¿Quién es ese hombre? No lo reconozco.

Polly siguió la vista de su madre. Y de pronto se encontró con los ojos de Rashid. La sensación fue eléctrica. ¡Y la estaba observando!

Polly se irguió y puso su mejor sonrisa de anfitriona, resistiendo la tentación de arreglarse un poco el pelo.

Entonces, bruscamente, él se inclinó hacia delante y le habló al duque de Aylesbury, que estaba sentado a su izquierda.

Polly alzó la barbilla un poco más cuando el jeque Rashid le clavó los ojos azules una vez más, pero se le encogió el estómago.

–Parece enfadado –dijo su madre.

–Ése es su alteza el príncipe Rashid bin Khalid bin Abdullah Al Baha. ¿Por qué piensas que está enfadado?

–Me ha parecido, por su cara... –su madre quitó el freno de su silla de ruedas, como si hubiera perdido interés en aquella conversación y agregó–: Espero que Anthony no intente hacer negocios con él. No creo que sea buena idea en absoluto.

Después de aquella observación, la duquesa se marchó.

Polly la observó y deliberadamente no volvió a mirar al príncipe de Amrah y se marchó a la galería.

Pero sintió sus ojos en su espalda mientras caminaba, y se sintió tan torpe como una adolescente.

Polly entró en la galería, cerró la puerta, satisfecha, y se pasó una mano por la frente.

¿Qué diablos le pasaba? Si había algo que había aprendido en aquellos seis años, había sido a no dejar que esa gente la afectase.

Sin embargo...

Él la había mirado de un modo muy personal. La había mirado como si fuera...: un enemigo.

Sí, eso era.

Polly agitó la cabeza.

Era ridículo. Aquel hombre moreno, de piel aceitunada y ojos azules había afectado su sentido común. Ella no lo conocía. Ni siquiera sabía mucho sobre él, y él tenía que saber incluso menos sobre ella.

Como mucho, ella para el jeque sería un nombre en el permiso para filmar en Amrah. ¿Sería que no le gustaba que fueran a filmar a su país? Pero no tenía sentido. Porque de ser así no daría el permiso y punto. Y Minty tendría que retirarse y buscar otro proyecto.

Pero ella tenía mucho más que perder. Si el jeque Rashid vetaba su proyecto, ¿qué haría ella?

–¿Todo bien, señorita Polly?

Polly se dio la vuelta y sonrió al mayordomo de su hermano, que se había acercado.

–Sí. Iba a supervisar que todo esté listo para los fuegos artificiales.

–Los animadores de la fiesta la están esperando en la sala del personal –dijo el mayordomo.

Polly sonrió y levantó los pliegues de su vestido.

–Casi hemos terminado. Así que será mejor atender a esa gente y mandarlos a casa.

–Muy bien, señorita Polly.

«Señorita Polly». Le gustaba eso. Le caía bien el mayordomo de su hermano. Henry Phillips se las había arreglado para encontrar la perfecta solución para llamar a alguien que era casi de la familia pero que no lo era.

Ella siempre sería la hija del ama de llaves, aunque su madre se hubiera casado con el décimo cuarto duque. Y Henry Phillips siempre recordaría que de niña la había llevado a la cocina y le había preparado leche caliente con azúcar durante el velatorio de su padre. Era un lazo entre ellos que jamás se rompería.

–¿Henry? –Polly lo detuvo–. ¿Qué sabes del jeque Rashid Al Baha? No ha estado en Shelton antes, ¿verdad?

–No. Pero es quien compró Golden Mile.

–¡Debe de haber pagado millones! –exclamó, sorprendida.

–Una buena suma de dinero. Pero no creo que le haya preocupado.

–Entonces, ¿por qué no ha venido a Shelton hasta ahora? –preguntó ella frunciendo el ceño.

–Supongo que todas las negociaciones debe de haberlas hecho su agente. Su hermanastro y el comprador anónimo de Golden Mile quisieron que la transacción fuera privada.

–Oh.

–¿Por qué pregunta?

–Por nada.

En realidad a ella se le había ocurrido que la mirada hostil de Rashid Al Baha podía tener que ver con Anthony. Después de todo, su hermanastro se creaba enemigos con mucha facilidad.

–¿Y se han encontrado esta noche?

Henry asintió.

–¿Qué ha sucedido? ¿Han discutido?

–Eso sería muy raro en alguien de su cultura, creo. Tuvieron una conversación extremadamente cordial. Pero... –el mayordomo buscó la palabra correcta–. Digamos... fría.

Aquello le sorprendió.

¿Por qué habría sido? Un príncipe con aquella reputación y aquella fortuna normalmente habría tenido a Anthony a sus pies y ejerciendo toda su simpatía. Y hasta ella admitía que su hermanastro solía hacerlo muy bien si de verdad le interesaba.

Pero «fría» era también la palabra exacta con la que habría descrito la mirada que Rashid Al Baha le había dedicado a ella antes. Fría, enfadada y especulativa.

CAPÍTULO 2

RASHID sintió una oleada de aburrimiento al mirar a Emily Coolidge. Aquél era el país de su madre, el país en el que había recibido casi toda su educación, pero sentía poca afinidad con él. O con la gente que vivía en él.

Lo sentía vacío. Sin alma. Emily debía saber que él nunca la elegiría a ella, ni a alguien como ella, como madre de sus hijos. Su comportamiento era inexplicable.

Hasta hacía poco tiempo él se habría sumergido en el mero placer, contento de que las mujeres occidentales vieran esas cosas de forma diferente. Pero últimamente, estaba un poco cansado.

–¿Vas a estar en Londres la semana que viene? –preguntó Emily.

Rashid movió la copa de champán entre el pulgar y el dedo índice.

En realidad nunca había pensado en quién sería la madre de sus hijos. Era algo que siempre dejaba para el futuro. Algo distante.

Pero ahora las cosas estaban cambiando. Como si se sintiera consciente de su mortalidad y sintiera que sus genes tenían que transmitirse a otra generación. Que él permanecería en ella.

¿Era eso lo que le daba insatisfacción en su vida?

—Regreso después de esta noche.

—¿No sería estupendo que pudiéramos pasar un tiempo juntos antes de que regreses a Amrah?

—No —de pronto se dio cuenta de que había sido demasiado maleducado—. Mi padre...

Dejó la oración sin terminar.

Emily se inclinó hacia delante y tocó su mano, aparentemente preocupada.

Rashid estudió su cara. No le importaba. No había sincera emoción en su mirada.

Fue un alivio oír el ruido de los fuegos artificiales.

—¡Oh, qué bonito! —dijo Emily y se puso de pie—. ¡Fuegos artificiales! ¡Oh, Rashid! ¡Qué hermoso! —se giró y lo miró directamente.

Hubo un revuelo entre el público, sillas que se movían.

Y de pronto la mano de Nick lo tocó:

—¿Vienes a verlos?

Rashid agitó la cabeza. Su amigo comprendió. Sabía por qué Rashid estaba allí y comprendió que no era el momento de presionar a su amigo.

En otras circunstancias no habría estado allí. Habría estado junto a su padre y protegiendo a su hermano, frenando a las facciones deseosas de sacar ventaja de los últimos eventos.

Su amigo sonrió y se fue con el grupo fuera.

Rashid miró las paredes tapizadas. El castillo de Shelton era un lugar de riqueza. Un poco decadente, pero era el estilo inglés de conservar todo lo viejo a pesar de las modas.

Él había ido allí con la esperanza de comprender, pero no lo había hecho. El décimo quinto duque de Missenden era irreflexivo y no tenía honor. Se merecía el destino que se había creado, pensó Rashid, y si le provocaba temor con su presencia allí, tanto mejor.

Rashid se distrajo con un vestido azul que destacaba entre los esmóquines de los hombres. Se echó hacia atrás y observó a la señorita Pollyanna Anderson abrirse camino entre la gente que miraba los fuegos artificiales.

Ella era un enigma para él. ¿Dónde encajaba en todo aquello?

La noche anterior había aceptado finalmente lo que le había dicho Nick de que la duquesa y su hija no eran aceptadas de buen grado por los hijos del fallecido duque, y que por lo tanto, no serían cómplices en nada turbio.

Pero Pollyanna era una persona demasiado segura. Ella era quien había estado detrás de aquella celebración todo el tiempo. Estaba implicada en la vida de Shelton. No podía verla como una persona pasiva en todo aquello. Se la veía fuerte y capaz.

Teniendo en cuenta aquello, ¿podía creer que el deseo de Pollyanna de ir a Amrah fuera sólo una coincidencia?

Y si no era una coincidencia, ¿qué ganaría ella?

Rashid entornó los ojos. ¿Pensaría coaccionarlo con lo que viera en su país? ¿O sería una especie de trampa de miel, puesta allí para incomodarlo y desacreditar sus pruebas?

Eso no le encajaba del todo.

Ella se movía con gracia, pero no lo hacía esperando que la mirasen. Su vestido hacía juego con sus ojos azules, pero dudaba que estuviera hecho por algún diseñador de los que vestían a las mujeres con las que él se entretenía.

Era atractiva, pero de un modo muy inglés. Ojos azules grandes, piel de alabastro y el pelo del color de la arena del desierto. Pero ninguna mujer fatal. Y teniendo en cuenta que seguramente supiera quién era él, no había intentado acercarse en ningún momento.

Ella había estado demasiado ocupada trabajando, controlando el evento con una habilidad nacida de la práctica.

La observó mirar los fuegos artificiales con una leve sonrisa. Luego ella levantó una mano, se frotó el cuello y se alejó. Sus movimientos fueron rápidos. Luego caminó con un propósito, era evidente, hacia una puerta estrecha en la pared del fondo.

Pero antes había mirado hacia atrás. Y aquella mirada había despertado la curiosidad de Rashid.

Se levantó y la siguió a través del salón.

La puerta por la que había desaparecido cedió fácilmente y él se escabulló silenciosamente en lo que parecía un salón íntimo. Había espejos dorados en la pared opuesta y los muebles parecían los de un museo más que los de una casa familiar. Todo tenía un cierto aire de grandeza.

Le llevó menos de un segundo localizar a la señorita Anderson. Estaba sentada en un sofá de brocado a la derecha de la chimenea, ajena a la presencia de él. La observó quitarse los zapatos y frotarse los pies.

El movimiento rítmico de sus dedos fue inesperadamente sensual. Casi tanto como el movimiento de su pecho al respirar.

Rashid hizo un esfuerzo por desviar la mirada, pero no pudo evitar fijarse en su cuello: un cuello para ser besado. Largo. Suave.

Pollyanna tenía una sensualidad natural.

–Señorita Anderson, mi nombre es Rashid Al Baha.

Sobresaltada, ella se dio la vuelta para mirarlo y su boca formó una «o» perfecta.

–Le pido disculpas por molestarla.

Ella se volvió a poner los zapatos de tacón apresuradamente y se puso de pie.

–No. Es... Yo... Lo siento, ¿necesita algo?

Rashid se detuvo a centímetros de ella.

–No soy un gran amante de los fuegos artificiales.

–Oh.

Él la miró. No era una belleza convencional, pero era muy atractiva.

Siglos antes él quizás hubiera tomado a aquella mujer como una recompensa por los pecados de su hermanastro. Era probable que unas semanas en brazos de la señorita Pollyanna Anderson pudieran aplacar su enfado.

Él notó sus labios temblorosos y sintió excitación.

–He pensado que ésta podría ser una buena oportunidad para conversar –dijo él, tratando de recuperar el control.

–¿Conversar? Yo...

–¿O es que no sabe que ahora soy yo quien debe autorizar el permiso para filmar en mi país?

–Nosotros... Hemos pensado que era posible, pero... –ella sonrió.

Tenía una sonrisa impresionante, pensó Rashid.

–Es realmente muy amable de su parte, alteza.

–Rashid, por favor.

–Muy bien. Rashid –repitió ella obedientemente–. Y yo soy Polly.

Él le dio la mano y tuvo que hacer un esfuerzo por soltarla.

–Minty me sugirió que intentase hablar con usted sobre el tema esta noche, pero yo no he tenido el coraje.

–¿Minty?

–Araminta Woodville-Brown. Es la productora del programa –Polly dudó y agregó–: ¿No se ha puesto en contacto con usted? Pensé... Creí que por eso quería hablar conmigo.

–Sólo he visto los papeles –dijo él con tono formal.

–Oh, bueno... Minty piensa... Cree que será un buen programa y yo... –ella se interrumpió. Tomó aliento y luego sonrió–: Estoy haciendo esto fatal, ¿no? Lo siento mucho.

Repentinamente él se sintió inclinado a aprobar el proyecto.

–Podría ofrecerle una copa y así podríamos empezar de nuevo, ¿qué le parece? –preguntó ella.

–No necesito nada.

–¿Le importa si me sirvo agua?

–En absoluto.

Ella se acercó a un mueble donde había una jarra de agua.

–Siempre tengo agua aquí, por si me hace falta –su mano tembló levemente mientras servía el agua, y parte de ésta cayó en el mueble y en el suelo.

–¡Oh, no!

Rashid le dio un pañuelo limpio. Ella lo agarró y secó el agua.

–Gracias. No soy tan torpe normalmente. En realidad, soy gafe –le devolvió el pañuelo–. Este mueble está en Shelton desde mil setecientos noventa y dos. Sería horrible que yo fuera la primera persona en todo este tiempo que le dejara una marca.

Rashid sonrió. Él había sonreído antes, pero cortésmente. Aquella sonrisa era algo distinto. Tal vez él fuera humano, después de todo, pensó Polly.

–Lo siento. Por favor, tome asiento. Debería habérselo dicho antes. Me temo que estoy un poco nerviosa.

Aquella devastadora sonrisa se hizo más grande.

–No hay razón para que lo esté –dijo él.

–Usted claramente no conoce a Minty. Yo no soy buena en estas cosas –Polly agarró el vaso de agua y se sentó en una punta del sofá–. Ella haría esto mucho mejor que yo.

Rashid eligió el sofá enfrente de ella. Su mirada la ponía nerviosa, era evidente.

Polly desvió la mirada y se mordió el labio inferior.

–Me gustaría saber cómo se ha involucrado usted en este proyecto –dijo él.

Tenía una voz impresionante también, pensó ella.

–Supongo que es porque ha sido idea mía, en cierto modo. Aunque no esperaba que se llevase a la práctica –Polly alzó los ojos hacia él–. Minty es la realizadora. Quiere hacer un programa de una hora y media, que podría estar dividido en tres bloques de media hora.

Los pies de Rashid se movieron y ella miró sus zapatos italianos, caros y bonitos. Todo en él emanaba riqueza, el tipo de riqueza que podría comprar un caballo de carreras como Golden Mile.

–¿Y presentaría usted el programa?

–Sí, ésa es la idea.

Rashid inclinó la cabeza. Era como una pantera. Todo poder, fuerza, peligro...

–Sé que somos el primer equipo de filmación que se permite en Amrah...

–El segundo.

–¿El segundo?

–Cuando mi abuelo se convirtió en rey abrió el país a Occidente. Hace catorce años permitió que se hiciera un programa y el resultado fue muy ofensivo tanto para mi familia como para nuestro pueblo.

–No lo sabía.

Ella no se atrevió a preguntar qué había sido ofensivo.

–Nuestro programa se centraría en el viaje de Elizabeth Lewis a través de Amrah en la década de mil ochocientos ochenta. Queremos seguir sus pasos, ver algunas de las cosas que describe.

–¿Como qué?

–El desierto. Fortalezas.

En realidad, ella estaba divagando. No había pensado demasiado en qué veía, ya que la decisión no era suya.

–El montar en camello. Incluso las carreras de camellos, quizás. Creo que Elizabeth lo hizo en algún momento... –agregó Polly.

Rashid se echó hacia atrás en el sofá.

–Es una parte importante de la cultura de Amrah, pero no es un aspecto que se ve con buenos ojos en Occidente.

–Pero el rey ha prohibido por ley que los niños sean jinetes. Era eso... lo que la gente no podía aceptar, aquí, quiero decir –respondió Polly.

A ella le pareció ver una sonrisa en aquellos fríos ojos azules. Pero era difícil asegurarlo.

Pero si su reputación con las mujeres era real, él debía de usar aquella sonrisa a su favor muchas veces.

¿Cómo sería que Rashid Al Baha la mirase con deseo? Polly se rió internamente. Si el jeque se fijase en ella, saldría corriendo. Él era un hombre impresionante.

–Comprendo. Es de gran ayuda esa explicación –dijo él, y la sonrisa en sus ojos pareció más clara.

Era evidente que Rashid no necesitaba que ella le contase cuál era la opinión de la comunidad internacional acerca de los niños jockeys. Él era un hombre instruido. Un líder.

–Lo que quiero decir es que no vamos a decir nada que pueda perjudicar a Amrah. Lo que nos interesa es un tipo de reportaje humano. Un viaje personal.

–¿Personal?

–Sí. Ése es el plan.

–¿Pero no el suyo?

–Sólo es mío en cuanto que Elizabeth Lewis era mi tatarabuela.

–¿Su tatarabuela?

–Por parte de mi padre.

Rashid frunció el ceño.

–Eso no estaba en los papeles.

–Supongo que porque no es relevante, ¿no?

–Su legado todavía es recordado en Amrah –dijo Rashid.

Polly sonrió.

–Todavía no sé mucho sobre ella, pero supongo que era... una persona adelantada para su tiempo.

–Una mujer poco común –dijo Rashid.

¿Él consideraba aquello una cosa buena o una cosa mala?, se preguntó Polly.

–Sí, realmente. Minty y yo hicimos un programa corto sobre el castillo de Shelton hace unos dos años...

–Lo he visto.

–¿Sí? –preguntó Polly–. De todos modos, fue divertido, y tuvo bastante éxito en términos de audiencia, así que Minty consiguió fácilmente el dinero para éste. Luego le dio forma... Y, bueno, estoy segura de que querrá hablar con usted sobre él. Yo sólo sirvo para proveer una conexión personal.

Y porque Minty estaba decidida a que su amiga tuviera una vida por sí misma, alejada de Shelton. Pero no había necesidad de decírselo al jeque.

De pronto Rashid se puso de pie con un solo movimiento, como una pantera.

Y ella pensó que había hecho todo lo que estaba en su mano para que todo saliera bien.

Polly terminó su vaso de agua y se puso de pie.

–¿Qué opina, entonces? ¿Podremos ir a Amrah?

–Fijaremos unas condiciones.

–Por supuesto. No es algo que tenga nada que ver conmigo, no obstante... Pero Minty se portó estupendamente cuando hizo el programa sobre Shelton. Fue muy considerada con el castillo y no hubo nada intrusivo ni desagradable –dijo Polly con voz insegura, aunque quería sonar firme. Pero delante de aquel hombre era imposible.

–Ella es su amiga.

–El programa sobre Shelton fue uno de cinco que Minty hizo acerca de mansiones inglesas. Nadie se quejó.

–¿Por qué ahora?

–¿Ahora? ¿Quiere saber por qué queremos hacer el programa ahora? Por el tiempo. Si queremos filmar en el desierto...

–Lo pensaré –Rashid la interrumpió.

Se dio la vuelta y se alejó.

Polly se quedó un poco atontada.

Pero al menos tenía alguna esperanza.

CAPÍTULO 3

POLLY se arregló por enésima vez el pañuelo que cubría su pelo.

—¿Cómo diablos hago para que no se me resbale?

—¿Con un clip? —sugirió Pete, de pie, cerca de ella—. No sé. Las occidentales no tienen que cubrirse la cabeza, a no ser que entren el algún lugar sagrado.

Ella lo sabía. Pero Minty le había dicho en las instrucciones que cubrirse la cabeza era algo sensato con aquel calor, y generalmente era considerado un gesto de respeto.

—Relájate, Polly —hizo una pausa—. ¿Y dónde está el intérprete? Ese tal Ali no-sé-qué, ¿no? —dijo Pete al cámara.

«Ali Al-Sabt», pensó ella.

—Debería llevar un distintivo para poder reconocerlo fácilmente —dijo Baz mirando a la gente.

Los cinco hombres que Minty había reunido eran todos viajeros veteranos. Habían trabajado juntos antes y se conocían bien. Había gente por todas partes. La guía decía que los habitantes de Amrah consideraban los viajes de visita como eventos y que las familias enteras iban a visitar a sus familiares y recibían a los que venían. Era un mundo totalmente diferente al de su país, pero le encantaban el ruido y la excitación del lugar.

–¡Ah! John está ahí –exclamó Pete.

Una mano se alzó por entre la gente para saludarlos y Polly dejó que Pete la llevase en dirección a John.

Un hombre vestido con una chilaba tradicional saludó con la cabeza cuando se acercaron.

–*As-salaam alaykum.*

–*Wa alaykum as-salaam* –murmuró Polly.

Lo que ella esperaba que significase «Paz para ti» o algo así. Al menos era lo que aparecía en su libro *Frases para el viajero a Amrah.*

–Éste es Ali Al-Sabt... –empezó a decir Pete para presentarlo a John, pero se vio interrumpido por un grito y un rumor de excitación.

Polly miró detrás de ellos y vio a lo lejos a Rashid Al Baha, vestido con el traje tradicional de su país, inconfundible, poderoso.

Y por un momento le pareció que él hacía más lento su paso y la miraba. Y que el tiempo se detenía alrededor de ellos durante un segundo.

Luego todo volvió a la normalidad.

–Ése es el jeque Rashid Al Baha. Debe de estar volviendo de la cumbre en Balkrash –dijo alguien.

Aún en estado de shock, Polly observó a Rashid desaparecer entre la gente. Al parecer, el segundo hijo del príncipe tenía estatus de estrella en su país, a juzgar por el revuelo que había causado.

–¿Sobre qué era la cumbre? –preguntó ella.

–Es mejor que no hagamos esas preguntas –dijo Steve, el americano del grupo–. Mantengámonos al margen de la política. Si no, nos pondrán en el primer avión de vuelta a casa.

Polly estuvo de acuerdo y se quedó callada mientras esperaban que Graham se uniera a ellos con todo su equipo.

El ver nuevamente a Rashid le había recordado las sensaciones que había experimentado cuando había hablado con él en Shelton. La dejaba con una sensación de inquietud. No era que se sintiera atraída por él, sino que... él la estaba observando.

Como si quisiera tomar una decisión acerca de ella. Y como sabía que no era un hombre para tener como enemigo, aquello la preocupaba.

–¿Lista para marcharnos, Polly? –dijo Baz por detrás de ella.

Asintió y dejó que la llevasen hacia la salida.

Fuera la golpeó el calor. Se alegró de tener la cabeza cubierta.

Ali los condujo hacia una hilera de coches que estaban esperando, rodeados de guardias uniformados y armados.

–Por aquí, por favor –dijo.

Polly vio que Pete entraba en el tercer coche. Graham estaba mirando ansiosamente cómo cargaban su caro equipo, y John, Baz y Steve habían desaparecido ya.

–Señorita Anderson –dijo Ali, indicando el segundo coche.

Cuando ella se acercó, la puerta se abrió.

Desorientada, Polly hizo lo que le indicaban, dudando sólo al darse cuenta de que dentro del coche había un hombre. Un hombre que reconoció.

–¿Usted? –dijo Polly tontamente.

Los ojos azules de Rashid Al Baha la miraron.

–Como lo ve.

–No esperaba ver... Quiero decir... ¿Se suponía que usted iba a encontrarse con nosotros? No creo...

–Éste es un gesto espontáneo de hospitalidad.

–Oh. Gracias.

–*Afwan*.

«De nada», tradujo ella mentalmente. El libro de frases le estaba resultando muy útil.

–¿Está seguro de que podemos viajar juntos? –preguntó Polly.

Rashid se acomodó en el asiento.

–Tiene una visión muy poco real de mi país –le respondió.

–Es que me preguntaba si sería apropiado siendo usted un miembro de la familia real.

–Ah –él la miró–. Como miembro de la familia real, puedo hacer lo que me plazca.

Polly no supo qué contestar. Su explicación no había sido sincera en realidad. Lo que ella se había preguntado era si era normal que una mujer pudiera viajar sola en un coche con un hombre que no era de su familia. Y Rashid se había dado cuenta.

Polly suspiró y se acomodó en el asiento de piel. Estaba muy cerca de él, y eso la ponía nerviosa.

–Acaba de volver de una cumbre, creo –comentó ella para romper el silencio.

–Sí.

–¿Fue... bien? No quiero entrometerme...

Él no dijo nada.

–Todavía no puedo creer que esté aquí –dijo Polly.

No era un gran logro desde el punto de vista de la conversación. Pero era lo mejor que podía decir. Porque estaba demasiado excitada e inquieta ante la presencia de Rashid Al Baha.

Polly miró por la ventanilla del coche. Por un lado para distraerse de aquella presencia magnética, y por otro, porque estaba cautivada por las cosas que veía.

Las guías que había leído no la habían preparado para aquello. Ella había esperado ver desierto y cielos azules y de pronto se había encontrado con edificios modernos de cristal y acero y carreteras de seis carriles.

—Amrah es un sitio de muchos contrastes —dijo Rashid, como si hubiera leído sus pensamientos.

—No tenía ni idea de que Samaah sería así. ¿Cuántos años tiene la ciudad?

—Tiene siglos, pero la encarnación actual tiene sólo cuarenta años. Se ha transformado en un centro financiero y ha traído una gran cantidad de riqueza al país.

Polly lo sabía, pero no era parte de la historia de Elizabeth Lewis y por eso no había centrado su atención en ese aspecto del país.

—Amrah no tiene petróleo, ¿verdad?

—Tiene un poco de petróleo. Pero las reservas se están acabando.

Polly volvió a mirar por la ventanilla.

—¿Está decepcionada? —preguntó Rashid.

—Sorprendida.

—Tenemos camellos y tiendas de beduinos también —agregó él con humor.

Polly se giró, lo miró y sonrió.

–¿Pasa mucho tiempo en el desierto?

–Como la mayoría de los hombres del país, voy al desierto al menos una vez al año para volver a conectarme con mi herencia. Es una tradición, algo que los ingleses parecen comprender muy bien.

Lo dijo como si ella fuera de otra especie.

–Usted es medio inglés.

–Mi madre es inglesa, pero yo soy totalmente árabe.

Polly se ajustó el pañuelo.

–Me halaga que haya investigado tanto sobre mí –continuó él.

–Sólo he hojeado las revistas en la peluquería –lo corrigió–. Sale a menudo en ellas.

–Entonces debería ser yo quien hiciera las preguntas.

–No hay nada particularmente interesante acerca de mí –dijo ella, y se interrumpió al ver el hotel International Majan–. ¿No es ahí donde vamos a quedarnos?

–Ha habido un cambio.

Polly lo miró.

–¿Qué clase de cambio?

–He decidido ofrecerle la hospitalidad de mi casa mientras esté en Samaah. A usted y a sus compañeros –agregó.

¿Por qué hacía aquello?, se preguntó Polly. Les había dado permiso para filmar, ¿y además les ofrecía su casa? Ni Minty hubiera imaginado aquello.

–¿Es una decisión espontánea?

–En absoluto. ¿De qué otro modo habría organizado si no que los coches estuvieran dispuestos para recibirlos?

Polly pensó que seguramente hubiera poco al azar en la vida de Rashid Al Baha.

–Mi hermana está esperando para recibirlos. Yo iba a unirme a ustedes más tarde.

«¿Su hermana?», pensó ella.

–¿Está su residencia lejos del aeropuerto?

–No.

Polly notó que seguían custodiados por motocicletas.

–¿Son necesarios? –preguntó señalando con la cabeza.

–Es recomendable.

–¿Porque nos podrían atacar?

–Porque me podrían atacar –respondió él fríamente.

Rashid observó a la rubia inglesa procesar aquella información. Notó su duda, las preguntas que le habría gustado hacer y que no podía formular.

–Hay una mínima amenaza, pero no hay que infravalorarla, sobre todo porque en este momento no hay certeza acerca del futuro político de Amrah.

–He leído sobre ello –Polly lo miró–. Siento mucho que su padre se encuentre enfermo otra vez.

Su serena afirmación parecía sincera, pensó él.

–Los médicos le han prolongado la vida unos meses, pero creo que pronto dejará este mundo.

–¡Cuánto lo siento! Es muy duro perder a los padres –luego agregó–: ¿Está seguro de que éste es buen momento para tener visitantes como nosotros en su casa? Estaríamos bien en el hotel. Y sólo te-

nemos intención de estar un par de noches en Samaah.

–Lo sé.

–¿No preferiría estar con su familia?

–Si me necesitan, me llamarán.

El perfume de Polly lo envolvía como un halo
de humo. Parecía arrancarle verdades de sus labios.
Y probablemente tuviera razón. Aquél no era el
mejor momento para tener visitas en su casa, pensó
Rashid.

Y menos aquélla. A pesar del informe sobre la
señorita Pollyanna Anderson, él no estaba seguro de
los motivos que la habían llevado hasta allí. Y hasta
que lo estuviera, quería controlar todos los movimientos de su visita.

–¿Su familia está bien? –preguntó el jeque.

Ella se sorprendió.

–Mi madre está muy bien.

–¿Y sus hermanos?

–No tengo hermanos.

Sonó muy convincente. Sin embargo, vivía en la
casa del hijastro de su madre, un hombre al que él
consideraba un mentiroso.

–Debí decir «hermanastros». El último esposo de
su madre tenía tres hijos, creo.

–Sí. Anthony, el duque actual, está bien. Pero
hace meses que no veo a Benedict ni a Simon. Vienen muy poco al castillo.

A él le pareció raro. Los tres hermanos eran di-
rectores de Beaufort Stud Farm, un criadero de caballos sementales. Era extraño que sólo actuase uno
de los hermanos en el negocio familiar.

Polly retorció su pulsera, una fina cadena de oro, con sus largos dedos. Estaba nerviosa, pensó él. Debía tener cautela con ella.

Sin embargo, cuando la miraba, lo que quería era darle un beso en la parte interna de la muñeca. Y a juzgar por su excitación, quería algo más que aquello.

Hubo un silencio entre ellos. Su hermano, Hanif, le había pedido a él que actuase como si fuera su brazo derecho y no podía sufrir ningún riesgo de que hicieran publicidad negativa en Occidente. No ahora. No cuando su abuelo tenía puesta la mira en él para que mantuviera estable el mercado financiero y para un traspaso fácil de poder.

Así que de momento no tenía otra elección que controlar de cerca a aquel equipo de filmación. Y así ver qué libertad podía darles. Y llegar a una conclusión acerca de Pollyanna Anderson.

La comitiva llegó a las puertas de su casa.

—Bienvenida a mi hogar —murmuró él.

—Es... Es hermoso.

—*Shukran*.

Las puertas se abrieron y la comitiva avanzó. Luego se detuvo. El lugar era magnífico. Y antiguo.

Polly se desabrochó el cinturón de seguridad y se acomodó el pañuelo en la cabeza otra vez.

Abrieron la puerta del coche y Polly salió. Se quedó de pie, con la boca abierta, admirando las columnas de mármol y las puertas de madera talladas.

El palacio era increíblemente hermoso.

—No está mal, ¿no? —señaló Pete, que se puso a su lado—. Siento que hayas tenido que viajar sola con el jeque Rashid. No sé cómo sucedió...

Polly observó a Rashid mientras hablaba con un miembro de su plantilla. No tenía ninguna duda de que él había organizado todo lo que había sucedido.

Lo que quería decir que Rashid había querido viajar a solas con ella. Que había querido hablar con ella.

–Es mejor tener cuidado con el jeque. Él tiene cierta fama... –dijo Pete–. Probablemente porque no puede jugar en casa, no sé si comprendes lo que quiero decir.

Polly miró involuntariamente en dirección a Rashid.

–Pero esas reglas podrían no extenderse a ti, puesto que eres inglesa. No puedo creerlo –dijo Pete mirando el palacio con interés profesional–. Es increíble. Me pregunto si no habrá alguna trampa en esto.

Rashid caminó hacia ellos con porte distinguido, pensó Polly. Y lo oyó hablar en un árabe que ella no comprendió.

–Venid. Vamos a tomar –dijo el intérprete, que estaba al lado de Rashid.

John se acercó donde estaba Polly y habló serenamente:

–Éste es un gran honor. La hospitalidad es muy importante en esta parte del mundo. Habrá probablemente algún tipo de ritual y nos darán café.

Polly asintió y se movió para seguirlo. John la detuvo.

–Es posible que tú no estés incluida. Posiblemente te lleven a beber y comer con las mujeres. No lo sé... Sigue sus directrices. Es mejor no incomodarlo –dijo John.

La idea no le gustó a Polly, sobre todo sabiendo que Rashid hacía lo que le apetecía.

Rashid se acercó a ella.

–Quiero presentarle a mi hermana, que es mi anfitriona. Ella estará a su entera disposición para cualquier cosa que necesite mientras usted esté en mi casa.

–Gracias –Polly pasó por delante de él en dirección a una mujer muy hermosa.

–Mi hermana, su alteza la princesa Bahiyaa bint Khalid bint Abdullah Al Baha. Bahiyaa, ésta es la señorita Pollyanna Anderson.

La mujer se adelantó para darle la mano. Polly extendió la suya automáticamente.

–Bienvenida, señorita Anderson –dijo la mujer.

–Llámeme Polly, por favor.

–Y yo soy Bahiyaa.

Polly la observó disimuladamente y no pudo decidir si era más joven que Rashid.

–Debe de estar cansada por el vuelo.

Polly no estaba segura. Lo que estaba era impresionada por la belleza de Bahiyaa y el lujo de su túnica bordada en oro.

–¿Entramos?

Se suponía que los hombres entrarían primero. En cierto modo, al lado de Bahiyaa aquello no le pareció tan descortés. Simplemente, era diferente a como se hacían las cosas en Inglaterra.

Atravesaron un patio central y unas puertas de madera tallada. Luego otras puertas y llegaron a una habitación con puertas de cristal que daban a un jardín.

Había una mesa baja en el centro y, alrededor de ella, sillones con cojines de seda.

Polly observó a Bahiyaa sentarse e hizo lo mismo, recogiendo su falda larga de lino.

–En cuanto haya bebido y comido algo la llevaré a su habitación –dijo Bahiyaa–. Para entonces, ya habrán deshecho su equipaje.

Polly pensó en su maleta un poco horrorizada. Había imaginado muchas escenas, pero estar en el palacio de Amrah no había sido ninguna de ellas. Y que el personal hubiera deshecho su equipaje, tampoco.

En el lado opuesto, John estaba descansando en un sofá, envuelto en la conversación con su anfitrión. Minty había querido que fuera John porque había trabajado a menudo en países árabes. El intérprete de Amrah estaba sonriendo.

Polly intentó pensar en aquella escena en términos que pudiera comprender. Aquello sería como ser invitada a Royal Lodge, la casa del duque de York. Pero no era lo mismo, porque la familia Al Baha tenía poder real, no sólo influencia.

–¿Es su primera visita a Amrah? –le preguntó Bahiyaa.

–Es mi primera visita fuera de mi país, exceptuando un fin de semana largo en París con algunas amigas de la universidad –respondió Polly.

–Entonces tenemos que asegurarnos de que su estancia aquí sea absolutamente agradable –Bahiyaa hizo una pausa cuando apareció el personal con platos de dátiles.

Ella había leído sobre la importancia del café en

aquella parte del mundo, pero no había esperado experimentarlo en casa de Rashid. Él estaba atento a todo. Polly estaba segura de que él estaba oyendo su conversación con su hermana mientras tenía otra con otra gente. Nunca se había sentido tan desubicada. Ni siquiera cuando su madre le había anunciado su boda con Richard y su habitación se había trasladado desde la zona del personal al ala familiar. Aquello había sido raro, pero esto lo superaba. No había ningún punto de referencia familiar para ella.

Rashid había sido educado en Inglaterra, pero costaba creer que tuviera influencia occidental.

Un hombre se acercó llevando una bandeja de plata con una cafetera y ocho pequeñas tazas de porcelana. Se detuvo delante de Rashid, quien murmuró algo en árabe antes de servirse café en una de las tazas. Luego sorbió y dejó la taza vacía encima de la bandeja. Y volvió a servir otra taza de café y se la dio a ella.

Ella sabía que no podía rechazarla.

Con cuidado de no tocar sus dedos, agarró la taza sin asa con la mano derecha, como la había instruido Minty, y miró el líquido amarillo traslúcido.

Tenía un aspecto desagradable, para ser sincera, y olía muy fuerte.

Polly miró a Bahiyaa para saber lo que tenía que hacer.

–Ésta debe de ser la primera vez que prueba el *gahwa*. Está tan integrado en nuestra cultura que suelo olvidarme de lo extraño que es para los visitantes de Occidente. Creo que lo encontrará parecido al café expresso.

Eso no la tranquilizó, puesto que nunca le había gustado demasiado el expresso.

–Pruébelo.

Polly sorbió. Era fuerte, con una mezcla de aromas que le resultaban extraños.

Bahiyaa extendió una mano hacia un dátil y Polly hizo lo mismo. El contraste entre el café amargo y el dulce del dátil fue estupendo.

Polly levantó la mirada y sorprendió a Rashid mirándola. Sintió un nudo en el estómago. Aquel hombre la fascinaba.

Le hacía sentir que todo lo que había conocido y vivido hasta entonces estaba abierto a un interrogante.

Los ojos azules de Rashid la quemaron. El aroma de las rosas, el gusto amargo del café y el calor la embriagaban. Se sintió atrapada frente a la presencia de aquel hombre.

Miró las manos de Rashid, fuertes y hermosas. El tipo de manos que le habría gustado sentir en su cuerpo. Y luego se fijó en sus labios. Unos labios que le habría gustado que la besaran.

Ella no lo conocía. Era sólo una fantasía. Él jamás podría ser parte de su mundo, y eso la asustaba.

Pero lo deseaba. Y no tenía nada que ver con que compartieran unos valores ni objetivos, no. Era sólo deseo, pasión. Un conocimiento instintivo de que el sexo con aquel hombre sería impresionante.

Polly se llevó una mano a la frente. No podía respirar. Sólo sentía ganas de tumbarse, de dormir, de...

–Polly.

Oyó la voz de Bahiyaa como si estuviera muy lejos. Y luego ya no oyó ni vio nada más.

Rashid se puso de pie.

–Se ha desmayado –dijo Bahiyaa sosteniendo una muñeca de Polly en su mano–. Debe de haber sido el calor.

Una mujer llevó una jarra de agua helada y la dejó en la mesa del centro.

–Polly, ¿me oyes?

No había ningún signo de vida en Polly excepto su respiración. Su pelo rubio estaba extendido en el sofá. Estaba pálida y vulnerable. Hermosa. Rashid apretó los puños. Su hermana tenía razón en que Polly se había desmayado. Pero él no estaba seguro de que hubiera sido por el calor.

Fuera lo que fuera lo que hubiera pasado entre ellos era mutuo. Él había visto el deseo en sus ojos, había leído sus pensamientos tan claramente como si hubiera hablado en voz alta. Había visto la sorpresa en su mirada. Y sabía que ella no estaba acostumbrada a reaccionar como había reaccionado con él.

Rashid observó sus párpados y sus labios entreabiertos.

–Caballeros, ¿qué les parece si les muestro la rosaleda mientras la señorita Anderson se recupera? Mi hermana se quedará con ella.

Las palabras fueron sensatas, pero Rashid se quedó mirando a Polly.

–Más tarde yo misma iré a deciros cómo se encuentra –prometió su hermana, pasando la mano por la frente de Polly–. Rashid...

Él dudó.

–Rashid, tienes invitados.

No había sido parte de su plan encontrar a Polly

sexualmente deseable. Ella le había despertado algo desde que la había visto beber su primera taza de *gahwa*. No, antes. Desde que la había visto en el castillo de Shelton. Y era el motivo por el que ella estaba allí, en Amrah. Porque lo había fascinado.

Contra toda lógica.

Y su hermana lo sabía. Lo veía en su mirada y en su sonrisa.

Era la atracción por lo prohibido, y la dominaría.

Él no tenía lugar para una mujer como ella, aunque ésta no estuviera relacionada directamente con el hombre al que él pensaba arruinar.

—Estoy seguro de que mi hermana se va arreglar mejor sola —dijo Rashid y se dio la vuelta rumbo a los jardines.

CAPÍTULO 4

POLLY se despertó en una cama muy cómoda, cubierta de fresco algodón, y le llevó un momento darse cuenta de dónde estaba.

No era Shelton.

Estaba en la casa de Rashid.

Paseó la mirada por la extraña habitación. Debían de haberla llevado allí, porque no recordaba haber caminado.

¿La habría llevado Rashid?

Lo último que recordaba era que el mundo había desaparecido y la abrumadora sensación de mareo que había acompañado a aquel recuerdo.

–No tienes nada de que preocuparte –dijo una voz femenina–. Te desmayaste con el calor.

Polly miró a la princesa Bahiyaa, sentada en un rincón de la habitación en sombras, leyendo a la luz de una lámpara.

–La humedad y el calor aquí en Samaah es muy distinto del clima de Inglaterra. Debería haber organizado las bebidas y comida en un lugar del palacio con aire acondicionado –dijo la princesa sirviendo un vaso de agua–. Lo siento mucho.

Polly se acomodó en la cama, incorporándose despacio.

–Es la primera vez que me desmayo. Me siento muy incómoda.

–No te preocupes. La culpa ha sido mía.

Polly sabía que no lo era. No había sido culpa de nadie.

–*Shukran* –dijo Polly aceptando el vaso que le dio Bahiyaa.

–¿Hablas árabe?

–Sólo unas palabras y no sé si serán muy útiles –Polly bebió el agua–. *Ma atakallam arabi*. Pero no tiene mucho sentido decir «No sé mucho árabe», ¿verdad?

Bahiyaa se rió.

–Es estupendo que hayas intentado hablar en árabe. ¿Puedo...? –preguntó Bahiyaa, indicando el lado de la cama.

Polly asintió.

–Mientras estabas durmiendo, he pedido que te trajeran alguna ropa mía. He visto que casi toda la ropa que has traído es demasiado abrigada incluso para esta época del año.

¿La princesa Bahiyaa había visto el contenido de su maleta? Polly se sintió un poco avergonzada ante lo que habría visto: calcetines gastados y ropa interior que debía haber tirado hacía meses.

–No podría... Yo...

–No importa. Por favor –Bahiyaa sonrió–. Es un placer para mí. Y quizás quieras darte una refrescante ducha, antes de comer algo, ¿no? Te sentirás mucho mejor, creo.

Polly miró su reloj e hizo un cálculo mental rápido. Las cinco del Reino Unido significaban algo más de las nueve en Amrah. Demasiado tarde para que su anfitriona organizara una comida.

Pero la idea de comer era muy tentadora. Y darse una ducha sería estupendo.

–Voy a organizarlo y vuelvo enseguida –dijo Bahiyaa.

Polly esperó a que Bahiyaa cerrase la puerta para levantarse. El suelo estaba fresco. La habitación era hermosa, con muebles oscuros y bellos que brillaban.

Polly sonrió. Habría lugar para un jeque y todo su harem en una cama de aquel tamaño...

Y si dejaba a un lado su reserva, ¿no era estupendo estar en aquel palacio en lugar de en un impersonal hotel?

Su tatarabuela habría pensado lo mismo. Elizabeth no habría dudado en tomar prestada la ropa de Bahiyaa, pensó Polly mirando la túnica de seda rosa que Bahiyaa le había dejado a los pies de la cama.

Polly se dirigió adonde Bahiyaa le había dicho que encontraría una ducha. Se detuvo en el umbral, maravillada ante el mármol negro y la bañera decadente.

Como sabía que la hermana de Rashid volvería enseguida, optó por darse una ducha rápida. Cuando salió encontró la ropa de Bahiyaa, muy tentadora.

Polly agarró los pantalones de seda y se los puso. Eran anchos en las piernas y ajustados en los tobillos, y eran increíblemente cómodos.

Y la túnica era muy liviana. Las instrucciones de Minty de vestirse «discretamente» tomaron un nuevo significado. Aquel atuendo era más sexy que cualquier ropa que hubiera tenido.

Eran los colores, los dibujos geométricos en los bordados y la suavidad de la seda lo que le daba glamour.

Se sintió guapa, como si realmente se hubiera metido en una aventura árabe. Se sentía otra, y eso era excitante.

Oyó unos golpes suaves en la puerta.

–¿Puedo pasar? –preguntó Bahiyaa.

–Sí, por supuesto.

–Ese rosa te queda muy bien.

–Eres muy amable al prestármelo.

–Es un regalo, por favor –agarró una capa del mismo color–. Falta algo. Esto se llama *thub* y se lleva encima del *dish-dasha*.

–Creí que el *dish-dasha* era ropa de hombre...

–Es parecido al del hombre, pero es más ajustado –dijo Bahiyaa riendo–. Las mujeres aquí no son muy distintas a las de tu país. Y los hombres son iguales en todo el mundo. Estos pantalones se llaman *sirwal*.

–*Sirwal* –Polly repitió obedientemente.

–Y finalmente, te pones un *lihaf* –agarró una prenda que iba encima de todo–. Y unas sandalias. Como tienes el mismo número que yo, puedes ponerte un par mío.

Polly estaba abrumada. Era casi mágico poder usar algo tan femenino y romántico.

Se puso las sandalias doradas de Bahiyaa.

–Te quedan perfectas –Bahiyaa se apartó para admirarla–. Y ahora, ven.

A Polly le costó dejar de mirarse en el espejo. Estaba totalmente diferente. Transformada. Bahiyaa se rió como si supiera exactamente lo que estaba pensando Polly.

–No sé por qué algunas mujeres de Amrah llevan ropa occidental. Nuestras prendas tradicionales son muy seductoras, ¿no crees? –dijo Bahiyaa.

–Son muy atractivas.

«Y muy sexys», pensó Polly. Estaba fascinada.

Bahiyaa la llevó por un laberinto de corredores y de pronto aparecieron otra vez en la habitación donde ella se había desmayado.

–El jardín de rosas es uno de mis lugares preferidos –dijo Bahiyaa llevándola fuera–. Y de Rashid.

–Es un lugar muy romántico –contestó Polly.

Polly siguió a Bahiyaa repiqueteando con sus sandalias en el mosaico.

–Estos jardines estaban aquí en la época de tu tatarabuela –dijo Bahiyaa.

Polly miró alrededor.

–Tienes que pedirle a Rashid que te cuente algo de su historia –le sugirió la princesa.

–Sí...

En aquel momento Rashid apareció de entre las sombras y fue a su encuentro.

Ya no estaba vestido con la ropa tradicional de Amrah. Tenía unos vaqueros y una camisa de algodón abierta en el cuello y el pelo al descubierto.

–Él es una especie de autoridad en las tradiciones de nuestro país. Podrá contarte muchas cosas.

Polly pensó que estaba más sexy que antes.

–Bahiyaa –dijo Rashid.

–He traído a tu invitada a verte, Rashid. Polly se siente mejor ahora –dijo su hermana, y le indicó una pila de cojines–. Siéntate con Rashid un momento. Le encantará contarte la historia de estos jardines mientras yo organizo todo para que te traigan la comida aquí.

Bahiyaa sonrió pícaramente a su hermano y se marchó.

Polly intuyó que Rashid no estaba de acuerdo en que ella estuviera allí y se sintió incómoda. Además, él era terriblemente atractivo, tanto que le costaba respirar estando cerca de él.

Y no creía que pudiera estar interesado en ella. Era un hombre que vivía una vida muy diferente a la suya, con un código moral distinto.

–¿Prefiere estar solo? Yo...

–No –Rashid la interrumpió–. Me gusta su compañía. Por favor, acompáñeme.

Polly no lo creyó, pero igualmente lo acompañó. Lo miró y notó que sus ojos se estaban riendo.

–¿Lo estoy haciendo mal? –preguntó Polly.

–No.

–Entonces, ¿por qué se está riendo de mí?

La sonrisa en los ojos de Rashid se intensificó.

–Es encantadora. Ojalá todos los visitantes de Amrah fueran tan considerados y corteses con nuestras costumbres.

–Yo... Intento seguir las reglas. No tiene sentido venir aquí si uno no está dispuesto a hacer el esfuerzo.

–Estoy de acuerdo. Intento seguir las reglas yo mismo.

–¿Sí?

–Yo bebo alcohol, pero no cuando estoy en Amrah porque ofende a mucha gente. El moverse entre distintas culturas requiere habilidad.

Rashid sonrió y sus ojos se deslizaron por la fina tela de su *dish-dasha*. Y eso la quemó por dentro.

–Bahiyaa dijo que estaría más cómoda con ropa suya –explicó Polly.

–¿Y lo está?

–Sí.

Sus ojos la derretían. Y ella fantaseó con que él le mirase los labios como si fuera a besarla.

La boca se le secó al imaginar lo que sentiría si Rashid la besaba. En sus veintisiete años nunca había sentido que su cuerpo pudiera no obedecer a su cerebro.

–Está hermosa.

Polly lo miró. Habría sido fácil creerlo, si no hubiera recordado que Rashid era conocido en Occidente como un playboy. Las mujeres se disolvían en un charco de estrógenos a sus pies.

Sería mejor para su autoestima que no se transformase en otra conquista del jeque Rashid.

–Me alegro de que se haya recuperado –añadió él suavemente.

–Yo también.

–El calor puede ser terrible

Polly se humedeció el labio con la punta de la lengua.

–Yo... Apuesto a que los muchachos temen ir conmigo al desierto. Deben de creer que soy un auténtico problema.

–Lo dudo.

Polly apartó los ojos de él.

Estaba acostumbrada a conversar sobre cuestiones frívolas por convención social, así que no debería costarle hacerlo; pero apenas podía respirar.

—¿Van a venir aquí? —preguntó Polly.

—Baz y John tenían intención de nadar en el palacio antes de acostarse temprano. Graham, Pete y Steve han ido a Samaah. Supongo que en busca de alcohol a uno de los hoteles internacionales. ¿Le habría gustado ir con sus amigos?

Polly se rió nerviosamente.

—Si dijera «sí», sería un poco grosera, ¿no? Y los muchachos no son amigos. Los he visto por primera vez en el aeropuerto.

—Compañeros —se corrigió él.

—Hasta eso es excesivo.

Polly se dio la vuelta al oír el ruido de gente que se acercaba. Eran hombres, todos vestidos con sencillas *dish-dashas*. Pusieron la comida en un pequeño calentador para que se mantuviera caliente. El plato de color azafrán olía absolutamente delicioso.

—Esto es *maqbous* —dijo Rashid—. Es un plato popular de Amrah, aunque no es sólo de esta región. Lo encontrará también en Omán y en Arabia Saudí.

En lugar de dárselo a ella, el hombre lo puso frente a ella. Y fue Rashid quien se lo dio. Luego habló con los hombres en árabe y éstos se alejaron, dejando vasos largos de zumo de frutas y una jarra de agua helada.

—Espero que esto le guste más que el *gahwa*.

Polly lo miró. Era difícil no sucumbir al príncipe de Amrah y ella deseó dejarse llevar sin resistirse.

Llevaba años siendo responsable. Habría sido maravilloso actuar sin pensar por una vez.

Polly probó la comida y dijo:

–Es un poco picante... Está delicioso. ¿Usted no va a comer nada?

–No.

Polly se sintió incómoda al darse cuenta de que toda aquella comida era para ella.

–Podría haber esperado a mañana. No hacía falta que Bahiyaa... –se disculpó Polly.

–Es un placer para nosotros.

Era realmente tarde para protestar mucho. La comida estaba allí. Ella tenía hambre, y estaba deliciosa.

–Gracias.

Rashid le sirvió un vaso de agua y lo dejó en la mesa baja, delante de ella.

–Esto es el paraíso.

–Siempre pienso eso cuando vuelvo a Amrah –él sonrió.

–Entonces, ¿por qué pasa tanto tiempo fuera?

Rashid se encogió de hombros.

–Tengo negocios fuera. Y hobbies.

Oh, sí, ella conocía bien los hobbies del jeque Rashid Al Baha. Había visto muchas fotos suyas con distintas bellezas. Tenía que recordarlo.

–Como su hermanastro, siento pasión por los caballos. Pero eso es más una misión que un hobby.

No era como Anthony, entonces. Para Anthony eran un medio para un fin. Como Shelton. Anthony veía el castillo como un problema financiero.

Polly no quiso ahondar más en el precario futuro

de Shelton. No podía alterar la personalidad de Anthony. No podía inspirarle amor por el castillo.

—¿En qué sentido es una misión? —preguntó con curiosidad.

—Quiero que se reconozca a Arabia como el hogar de las carreras —Rashid dejó su vaso en la mesa y la miró—. Todas las razas de caballos provienen sólo de tres, las tres árabes.

—Sí, lo sé. El Darley Arabian, el Godolphin Barb y el Byerly Turk —dijo orgullosa, contenta de que su memoria la hubiera ayudado.

—Las carreras son algo muy típico de Amrah.

—Apostar está prohibido aquí, ¿no? —dijo Polly.

—Como en Dubai.

—Debe de ser un interés turístico. Entonces, ¿por qué no siente más entusiasmo por el documental?

—¿Y qué le hace pensar que no lo tengo?

—¿Lo tiene?

—He dado mi permiso.

—Supongo que quiere que la gente vea Amrah y que tenga ganas de venir aquí, ¿no?

Él no dijo nada. La miró y dijo:

—Digamos que me resulta difícil confiar.

—No tenemos intención de hacer comentarios políticos. El documental es sobre Elizabeth Lewis exclusivamente —dijo Polly mirando el jardín, tontamente herida—. ¿Estaba aquí realmente este jardín cuando estuvo mi tatarabuela?

—Fue creado para ella.

—¿De verdad?

—Por eso hay tantas rosas. Dicen que Elizabeth echaba de menos las rosas de su hogar inglés, y que entonces mi tatarabuelo creó este jardín para ella. ¿Sabe que vivieron aquí un tiempo?

Polly negó con la cabeza.

–Después de su aventura en el desierto de Atiq en mil ochocientos ochenta y nueve estuvieron aquí unos meses –continuó Rashid–. ¿Sabía que se hicieron amantes a los pocos días de conocerse?

Polly asintió. Se sintió un poco tímida al hablar de aquello.

–El doctor Wriggley dijo que se establecieron en Al-Jalini.

–A Elizabeth la llevaron allí cuando estuvo claro que no iba a volver a su casa. Es un hermoso puerto de mar y ella vivió allí hasta que murió en mil novecientos cuatro.

–¿Sola?

–No –Rashid escogió un zumo y se lo dio–. Al-Jalini es el lugar perfecto para vivir un idilio romántico. Creo que el rey Mahmoud pasó todo el tiempo que pudo con ella, para enfado de sus esposas. La suya fue una historia de amor verdadero.

–Pero egoísta –Polly había pensado mucho en ello–. Él ya estaba casado, y ella también. Y Elizabeth era madre. He leído algunas cartas en las que se dice que a su hijo le dijeron que su madre había muerto, y sabemos que su esposo se dio a la bebida hasta morir. El escándalo fue demasiado para él, supongo.

–¿El hijo era su bisabuelo?

Polly asintió. Aquellas cartas la habían hecho llorar.

–Es extraño estar conectada con alguien tan... vibrante como ella. Pero cuando pienso en el daño que causó Elizabeth, no me gusta particularmente.

Rashid tomó el segundo zumo de frutas y lo bebió.

–Sin embargo, admiro su coraje y sus ganas de vivir –añadió Polly–. Me gustaría tenerlos.

Pero la vida real era otra cosa. Ella tenía responsabilidades, y gente a la que amaba y que la quería.

–Yo sé que me habría quedado en Inglaterra y que habría tenido allí mi jardín. No es muy excitante, ¿verdad?

–Depende de la motivación que haya detrás de la decisión.

–Yo no podría haber dejado a mi hijo.

–Las madres lo hacen.

La madre de Rashid lo había hecho, si lo que ella había leído sobre él era verdad.

–¿Qué fue de su hijo? –preguntó Rashid.

Polly sonrió y dijo con entusiasmo:

–Oh, se casó y tuvo cinco hijos con dos esposas –Polly sonrió–. El hijo más pequeño era mi abuelo, que se convirtió en un soldado poco distinguido con problemas con el alcohol. Mi madre recuerda que su padre era muy apuesto, pero con poca personalidad.

–¿No lo conoció usted?

–Oh, no. Murió a los cuarenta años y su viuda llegó a ser ama de llaves y, según los cotilleos, algo más de un tal major Bradley.

–¿Y su madre?

–Se hizo taquígrafa y se casó con mi padre, que era un chef en Shelton.

Rashid no se movió.

–¿Qué tiene esto? –preguntó mirando el zumo–. No había tomado nunca algo así.

–Aguacate, naranja, granada y mango –contestó él.

–Es delicioso.

–Me alegro de que le guste. ¿Ha vivido en el castillo de Shelton toda su vida?

–Sí.

A ella le habría gustado tener la seguridad de Minty y sentirse sexy. Pero no tenía práctica. Su vida habría sido bastante peor si Anthony hubiera notado que ella quería robarle protagonismo. Era mejor quedarse en un segundo plano.

–Siga –le pidió Rashid.

–Al principio teníamos una casa en la finca. Luego mi padre murió y nos mudamos al pueblo. Por un tiempo.

–¿No por mucho tiempo?

–No.

–Por favor, si no le resulta intrusivo de mi parte, me gustaría saber sobre su vida.

Él parecía sincero, pensó Polly.

Pero era una tonta si se lo creía. Era un experto en hacer sentir especial a una mujer.

–Mi madre siguió trabajando en el castillo y terminó siendo el ama de llaves. Así que nos mudamos otra vez allí. Teníamos habitaciones en los alojamientos del personal doméstico... hasta que mi madre se casó con Richard.

–¿Usted se alegró?

–Sí, por supuesto –Polly bebió otro sorbo de zumo–. Al principio me sorprendió mucho, pero fueron muy felices juntos.

–¿Por eso volvió a Shelton después de la universidad?

¿Cómo sabía eso él?

Rashid debió de notar su sorpresa, porque sonrió.

–Tiene una carrera en Inglés y Ciencias Políticas en la Universidad de Warwick –dijo Rashid–. Esa información estaba en los papeles que me enviaron.

Ah. Tal vez por eso a él le preocupaba que estuviera involucrada en aquel proyecto, por su interés en la política. Pero desde que había terminado la carrera la única política en la que había estado metida había sido la de Shelton.

–A mi madre le resultó difícil adaptarse al papel de duquesa de Missenden.

–¿Difícil?

–No sé si es la palabra adecuada.

De hecho, a su madre le había parecido totalmente imposible. Anthony estaba enfadadísimo. Y Benedict y Simon, no mucho mejor.

–Los duques no se casan generalmente con sus amas de llaves, al menos en Inglaterra. Así que yo fui para darles apoyo moral, con la bendición de Richard. Pensé pasar un año solamente allí, pero el tiempo pasó y me quedé. Luego ocurrió el accidente... Y me volví a quedar.

–Hasta ahora.

–Hasta ahora. Creo que esto es lo primero que hago totalmente por mí misma. Espero no estropearlo.

–¿Y por qué iba a hacerlo?

–Bueno... Tengo que hablar con la cámara, aguantar el calor...

Rashid se rió.

—¿Y usted? Le he contado toda mi vida —dijo ella.

—Tenía la impresión de que había hecho una investigación concienzuda sobre mí.

Polly lo miró.

—¿Qué quiere saber sobre mí? —preguntó Rashid.

Ella no sabía por dónde empezar.

—¿De verdad no se siente ni remotamente inglés?

Él cortó un trozo de pan y se lo dio.

—Creo que hice una elección.

—¿Entre ser inglés o árabe?

—Debe de haber leído algo sobre el divorcio de mis padres, ¿no?

Polly asintió.

—Yo tenía ocho años y estaba muy enfadado cuando se marchó mi madre. No quería saber nada de ella. Me identifiqué totalmente con mi padre. Quería ser como él y abracé todo lo que era importante para él. Quería borrar todo lo inglés de mi vida porque él lo odiaba.

—¿Y por qué recibió una educación inglesa?

—Fui al mismo colegio interno y a la misma universidad que mi padre, seguida de un entrenamiento militar en Sandhurst. Y durante las vacaciones absorbía todo lo que podía de Amrah: poesía, música, arte...

—¿Para complacer a su padre?

—Inicialmente, sí. Hasta las carreras de caballos fueron su pasión antes que la mía —respondió Rashid.

—Yo sólo he estado una vez en las carreras: el verano siguiente a que mi madre se casara con Richard. Y, la verdad, me pareció más un juego que un deporte.

–No en Amrah.

–Entonces, si no hay dinero en juego, ¿cómo se financia la Copa Samaah Golden?

–Por inversión privada.

–¿Suya?

Él alzó las cejas.

Polly se mordió el labio y agitó la cabeza levemente.

–Tienen que invertir millones... –comentó ella.

–Veintiocho millones.

–¡Eso es una locura!

–Tenemos que mirar hacia el futuro. El turismo y la financiación internacional son esenciales en nuestra economía.

–¿Y le compensa?

–Siempre gano.

–Eso he leído.

En ese momento él le tocó la mejilla. A ella le pareció que la quemaba. Los ojos de Rashid se fijaron en sus labios. Si él la besaba en aquel momento, no sería capaz de pararlo, aunque supiera que aquello era un juego para él.

Rashid la miró a los ojos y lentamente se movió para besarla.

Polly levantó la mano para detenerlo, pero cuando le tocó los labios, lo abrazó por el cuello, sintiendo la suavidad de su pelo rizado en la nuca.

Él estaba acostumbrado a ganar.

–No –ella se echó hacia atrás.

Rashid seguía sujetando su cara y la estaba mirando a los ojos.

—Polly —dijo con voz sensual.

Ella se estremeció.

—Esto no está bien. Por favor.

Él sonrió y se retiró.

—Te acompañaré a tu habitación —dijo.

—Gracias.

Rashid debía de pensar que era una idiota. Cualquier otra mujer habría cerrado los ojos y lo habría besado.

—Ven.

Rashid se puso de pie y la ayudó a levantarse.

Polly respiró profundamente. Si Rashid estaba decidido a ganar, ella no tendría fuerzas para detenerlo.

CAPÍTULO 5

RASHID se quedó de pie mirando el patio. La fuente no lo serenaba en absoluto. Había habido algo de normalidad cuando la había acompañado hasta su habitación. Había podido hablar del documental, de los arreglos que se habían hecho para que los acompañasen al desierto de Atiq, pero también había tenido que disimular que su cuerpo estaba ardiendo por ella.

Arrugó el papel que tenía en la mano y lo encestó en la papelera que había al lado del escritorio.

La había besado. Y la había sentido estremecerse. Sus labios habían estado tibios, sus dedos se habían enredado en su cabello, hasta el momento en que lo había hecho parar.

Rashid juró suavemente. Invitarlos, invitarla, a quedarse en su casa le había parecido una idea inspirada. Ahora no se lo parecía tanto.

−¿Rashid?

Rashid se dio la vuelta y vio a su hermana. Ella cerró la puerta y se acercó.

−¿Estás enfadado conmigo? −preguntó Bahiyaa en árabe.

−No vuelvas a traérmela. Tomaré las decisiones oportunas en el momento justo y a mi manera.

–No creo que Polly esté involucrada en nada de-
lictivo.

–¿Y cómo lo sabes?

–Conozco a las mujeres, Rashid. Sinceramente,
creo que está aquí única y exclusivamente para hacer el documental. Está encantada de estar aquí, y
me parece que no ha estado acostumbrada a que sus
deseos sean tenidos en cuenta. Rashid, ¿me estás escuchando?

Él estaba escuchando. En realidad, él tampoco
creía que Polly estuviera involucrada en nada delic-
tivo. Tal vez hubiera sido su instinto de conservación lo que lo habría llevado a creer eso.

No obstante, era posible. El momento de la visita
era poco oportuno, y si aparecía algo en la prensa
británica que los enemigos de Hanif pudieran usar
en su contra, Rashid no se lo perdonaría.

–Golden Mile está en el establo, incapaz de en-
gendrar –dijo Rashid.

–Lo comprendo.

–Fue vendido, a sabiendas, como un caballo semental por el hermanastro de Polly.

–Pero...

–Y hay otra gente implicada, a la que han convencido para que acepte dinero. Gente a la que co-
nocemos, Bahiyaa.

–Pero no Polly. Yo no lo creo.

Él había esperado averiguarlo cambiando los planes de ella, alojándola en su casa y teniendo oportunidad de conversar.

No había sospechado que el deseo le nublase el
pensamiento.

Había estado preparado para todo menos para Polly, sus ojos grandes y sus suaves curvas. Ella parecía una mujer llena de contradicciones. En Shelton había parecido tan segura...

Pero allí, en Amrah, estaba deseosa de complacer. Estaba ansiosa. Tal vez porque estaba fuera de su terreno.

Rashid se sentó frente a su escritorio.

–¿Qué vas a hacer? –preguntó Bahiyaa.

–Aquí Polly puede ser vigilada escrupulosamente. Y mientras está filmando puede ser igualmente monitorizada.

–¿En relación a Golden Mile?

–Espera.

Bahiyaa rodeó el escritorio y se puso frente a él.

–¿A qué?

–A tener todas las pruebas. Cuando tenga claro quién está involucrado y hasta qué punto, actuaré.

Él tenía intención de ver cómo la Beauford Stud quedaba fuera del negocio. Y a Anthony Lovell, duque de Missenden, hundido junto a ella. Enviaría réplicas a toda la fraternidad de las carreras. Y si Polly era parte de ello...

–No dejes que tu orgullo hiera al inocente –dijo Bahiyaa–. Ten muy claro de dónde te viene el enfado.

Bahiyaa se marchó y Rashid se quedó pensando en que lo que había dicho Bahiyaa estaba muy claro. Ella sabía cuánto lo afectaba la traición. Era un sentimiento al que había estado expuesto en su infancia.

Y en el tema de Golden Mile había mucha traición. De gente que estaba cerca de él.

Si Polly era tan inocente como creía Bahiyaa, no importaría que su visita fuera vigilada de cerca. Ella haría su documental y él se quedaría tranquilo.

Sólo que la había besado. Y todavía sentía la dulzura de sus labios. Un beso no era nada. Él había besado a muchas mujeres, había disfrutado de su compañía y las había llevado a la cama.

Pero hacía mucho tiempo que no conectaba con una mujer, ni con nadie.

Hanif tenía que devolverle la llamada, y le costaba la espera. Mientras su padre seguía con vida, había esperanza de perdón, una oportunidad de curar las heridas. Bahiyaa lo llevaba mejor que él. Tal vez porque ella hacía tiempo que había dejado de esperar la aprobación de su padre.

Al final, sonó el teléfono.

–Rashid, no tengo novedades que transmitirte. Está durmiendo mucho... Habla menos –dijo su hermano.

–¿Ha pedido... reunir a la familia?

Él había elegido las palabras con mucho cuidado, pero Hanif comprendió la pregunta.

–Lo siento, Rashid. No ha habido cambios. Ni en relación a ti ni a Bahiyaa, y lo he intentado.

Rashid no lo dudaba. Su hermano habría hecho todo lo posible.

–Realmente sólo quiere que esté Raiyah a su lado, quien preferiría no estar aquí. Samira hace una visita obligada dos veces al día, más que nada para igualar a Raiyah.

Rashid sonrió al pensar en su hermano en medio de las dos esposas de su padre.

–Y todavía tengo que convencer a nuestro abuelo de que tiene que dejar Dholar. Ha sido una auténtica pesadilla.

–¿Alguien sabe por qué estamos aquí? –preguntó Pete. Tenía la camisa húmeda por habérsela puesto sobre el torso mojado después de nadar.

John agitó la cabeza.

–Algo ha sucedido. Por favor, que no sea que el príncipe Khalid ha muerto. Si Amrah entra en duelo, empezará el problema del sucesor, y se nos estropearán los planes.

Polly estaba bebiendo té de menta. Pete se acercó a ella.

–¿Estás bien?

Ella asintió. Luego escuchó pasos y la voz de Rashid.

–Alteza... –dijo John, poniéndose de pie.

–Por favor, sentaos.

Cuando lo vio, Polly recordó todo: su conversación en el jardín, su beso...

¿Qué habría pasado si no lo hubiera detenido?

Ella había sido cobarde. Por eso no sabría nunca cómo era un hombre como Rashid Al Baha como amante.

–He tenido que hacer algunos cambios en su itinerario. Empezaremos en Al-Jalini, y no en el desierto de Atiq –dijo Rashid.

–¿Podemos preguntar por qué? –preguntó Steve con acento texano.

–Porque yo quiero que sea así –dijo Rashid–.

Hemos querido mantener en privado los detalles de su visita. Pero, lamentablemente, las medidas de seguridad han sido filtradas y tenemos que hacer cambios. Su seguridad mientras estén en Amrah es responsabilidad mía.

—Entonces tendremos que poner al tanto de los cambios a la oficina de Londres —dijo John mirando su papel.

—Se ha hecho. Pero, por supuesto, tendrán que confirmarlo.

Polly miró a John y a Rashid, y nuevamente a John. Parecía haber algo más que palabras entre los hombres.

—¿Nosotros? ¿Está proponiendo acompañarnos, alteza?

—Ciertamente, hasta Al-Jalini. Pero para entonces sabré con más claridad si mi preocupación es fundada o no.

—Gracias —John asintió con la cabeza.

—Si tienen más preguntas sobre los cambios, por favor, hablen con Karim Al Rahhbi —señaló al ayudante que les había dado los papeles.

Polly hizo que miraba el itinerario, pero lo que en realidad le importaba era que Rashid iba a acompañarlos. Debía de haber algo muy significativo para que un hombre como Rashid alterase sus planes. Ella notó las miradas entre los hombres y pensó que ellos sabían qué estaba sucediendo.

Pero a nadie se le había ocurrido incluirla, y eso empezaba a molestarla.

—Yo no tengo más preguntas sobre los cambios, pero me gustaría saber por qué importa que la gente sepa adónde vamos. ¿Estamos en peligro? –preguntó Polly.

–No –dijo Rashid–. Si estuvieran en peligro no les permitiría quedarse.

Aquello le sonó muy íntimo, aunque él se estuviera refiriendo a todo el equipo.

–Entonces, ¿por qué importa que la gente sepa nuestro itinerario?

–Polly... –le dijo Baz.

–Está bien –Rashid interrumpió la queja de Baz.

Ella miró a Rashid.

–Venga conmigo.

Polly no comprendía por qué la apartaba del grupo. ¿Porque era una mujer?

Estaba dispuesta a aceptar las diferencias culturales, pero le molestaba que su equipo y aquel jeque la dejaran de lado.

Sin mirar a sus «compañeros», se puso de pie y lo siguió.

–Estás enfadada –observó él cuando se hubieron alejado lo suficiente como para que no pudieran oírlos.

–Estoy irritada. Mis compañeros no esperaban su cambio de itinerario, pero no todo ha sido una sorpresa para ellos, ¿no?

Rashid sonrió.

–¿Por qué no me han puesto al tanto a mí? –añadió Polly.

–Porque te desmayaste y te perdiste esa conversación.

Ella no había esperado aquella respuesta.

Rashid abrió la puerta de lo que aparentemente

era su despacho, una habitación enteramente dispuesta para los negocios. En la pared del fondo había una pantalla de televisión de plasma y, en frente, un sofá de estilo occidental.

Polly lo observó en silencio ir hasta su escritorio y sacar un mando a distancia de un cajón.

−¿Recuerdas que te dije cuando hablamos en Inglaterra que el tuyo sería el segundo documental sobre mi país?

Polly asintió.

Rashid puso un DVD.

−Es éste. Querría que lo vieras antes de que hablemos.

−¿Han visto esto los muchachos?

−Sí.

Ella se sentó en el sofá, con los ojos fijos en la pantalla. Rashid dejó el mando en el borde del escritorio y lo rodeó para sentarse en su silla.

Él le había dicho que el contenido era ofensivo, pero las primeras imágenes de Amrah eran hermosas. La cámara enfocaba un paisaje de restos volcánicos y luego volaba sobre dunas de arena. Una voz citaba a Wilfred Thesiger y Polly miró a Rashid. No había nada de malo en todo aquello.

−Sigue mirando −respondió Rashid a su pregunta silenciosa.

Cuando terminó de ver el documental comprendió las objeciones de Rashid. Mostraban un Amrah lleno de dogmas y extremos. Hablaba de una sociedad donde las mujeres no contaban y donde se violaban sus derechos. Era muy injusto. Todo lo que ella había leído sobre Amrah describía al país como un lugar donde se mezclaba lo maravilloso de Oriente con lo mejor de Occidente.

Polly se había sentido un poco confusa por algunas costumbres, como el hecho de que Bahiyaa y ella ocupasen una parte diferente del palacio de la que ocupaban los hombres, pero la imagen de Amrah que daba ese documental era irresponsable, y como había dicho Rashid, ofensiva.

Se quedó en silencio cuando él se levantó y quitó el DVD.

—No puedo negar que hay facciones extremistas en nuestra sociedad que se describen bien en esta cinta. Cuando mi bisabuelo abrió Amrah a Occidente por primera vez hubo una fuerte oposición por parte de fundamentalistas. Mi abuelo continuó animando la inversión de Occidente y se sabe que mi padre habría seguido la misma dirección.

Rashid quitó la televisión.

—Lo siento mucho —dijo ella, enfadada por el trato a Amrah—. Yo nunca participaría en un programa como ése.

Rashid sonrió y fue hacia la silla que hacía ángulo con el sofá en el que estaba Polly.

—Creo que es increíble todo lo que se ha hecho en tan poco tiempo. Las nuevas escuelas, hospitales, la construcción de sólidas infraestructuras... —comentó él.

Rashid sonrió y ella sintió un cosquilleo en su interior. No quería sentirse así; prefería la rabia. Se sentía más a salvo enfadada.

—Minty jamás haría un programa así —dijo Polly.

—Estoy seguro de ello.

Rashid la observó. La había mirado del mismo modo el día anterior, como si quisiera ver dentro de ella, casi como si fuera un espécimen bajo un microscopio. Otras veces la miraba simplemente como a una mujer, y sus pupilas se dilataban.

Entonces era cuando ella sentía más miedo. Se sentía totalmente expuesta con un hombre así. Como cuando era niña y nadaba en el mar de Cornwall. Había corrientes por debajo que ella no controlaba y que la llevaban en una dirección hacia la que sabía que no debía ir.

El problema era que quería ir allí. Rashid significaba excitación. Peligro.

—Has venido a Amrah en un momento de encrucijada política. Mi padre se está muriendo y el país lo sabe. La única persona que se aferra a la creencia de que quizás pueda seguir es mi abuelo.

Polly notó cuánto le importaba todo aquello a Rashid, y de pronto sintió que a ella también le importaba.

—No quiere nombrar otro sucesor que no sea mi padre. Yo admiro su amor y su lealtad, pero deja al país en una incertidumbre para el futuro —Rashid hizo una pausa.

—¿A quién elegirá? —preguntó Polly después de un momento.

—Si su objetivo es ver la continuidad de su trabajo, elegirá a mi hermano mayor, Hanif. Él es considerado el heredero de mi padre.

—Todavía no comprendo por qué importa que la gente sepa dónde vamos.

—Es posible que no importe. Pero Hanif representa

el liberalismo conservador en un país donde hay extremistas activos –Rashid la miró–. Siempre he pensado que vuestra visita aquí podía verse como una oportunidad para minar lo que Hanif intenta lograr.

–¿De qué modo?

–Sus opositores políticos podrían usar vuestra visita como propaganda. Sería fácil insinuar que Hanif no es más que un títere de Occidente.

–Comprendo.

–Y probablemente podrían causar problemas comprometiendo vuestra seguridad.

Ella recordó a todos los periodistas occidentales secuestrados. Y deseó volver a casa.

–Por eso cambié el itinerario. Es una medida de precaución.

–¿Y vienes con nosotros?

–Soy responsable de vuestra seguridad y tengo que asegurarme de que no sufrís ningún daño. Tienes mi garantía personal.

Polly no lo dudó. Ella nunca se había sentido tan protegida, ni de pequeña, cuando se había muerto su padre y ella había estado tan aterrorizada. Pero su padre le había pedido que cuidase a su madre, y ella lo había hecho. Su papel siempre había sido ser fuerte, mucho antes del accidente que había postrado a su madre en una silla de ruedas. Y todavía jugaba el papel de fuerte y cuidaba a su madre.

Pero con Rashid sentía que podía entregar el control. Él los mantendría a salvo.

–¿Te apetece continuar?

–Por supuesto –respondió ella rápidamente–. ¿Nos iremos mañana?

–Sí, si no hay nada que cause mi preocupación.

–¿Y si lo hay?

–Os enviaré de vuelta a casa.

Él se puso de pie y Polly hizo lo mismo. Su encuentro había terminado y el jeque tenía mucho que hacer.

–¿Cómo vuelvo con los otros?

–¿Quieres hacerlo?

La verdad era que no quería. Él era una irresistible tentación.

–No has tenido oportunidad de ver el jardín de Elizabeth a la luz del día. Sería una pena que no lo hagas. Te lo podría mostrar ahora...

¿Por qué hacía aquello? ¿Qué quería de ella?

–Si tienes tiempo, me gustaría verlo.

Nadie la había besado como lo había hecho Rashid la noche anterior, con tanta maestría y control. Habían sido unos escasos segundos de pura sensación antes de que hubiera recuperado la cordura. Pero él era como una droga. Le despertaba posibilidades que ella no se había permitido pensar. Y ahora decidía volver a pasar tiempo con ella.

–Pediré que nos traigan bebidas y comida al cenador.

–¿Hay un cenador?

–Este jardín fue diseñado para aplacar la nostalgia de Elizabeth por su tierra. Un jardín inglés debe tener su cenador, y además ofrece un poco de sombra –Rashid agarró el teléfono de su escritorio y habló rápidamente en árabe.

Aquélla era la decisión más loca de su vida, Polly lo sabía, pero le dio igual.

–De acuerdo.

La sonrisa de Rashid le produjo un cosquilleo.

Él la llevó por un laberinto de pasillos. Pasaron un arco de herradura y desembocaron en una habitación con sofás bajos. El lugar tenía un perfume embriagador.

–¿Qué es ese perfume?

–*Bokhur*. Es incienso. Es muy importante en los hogares de Amrah. Todos los pueblos tienen uno propio. Y guardan muy celosamente sus ingredientes.

Ella frunció la nariz.

–¿Te gusta?

–No lo sé. Quizás. Es algo muy diferente.

–Es la fragancia del hogar –se rió él.

Polly salió al jardín al calor del sol. Se alegró del *lihaf* que Bahiyaa le había puesto en un hombro, y Polly se lo había colocado en la cabeza.

–Hace calor –dijo ella tontamente.

–Y tú eres rubia. Haces bien en cubrirte del sol.

Polly lo siguió y llegaron a la rosaleda desde una dirección diferente. Desde allí ella vio inmediatamente el cenador de Elizabeth.

–Es hermoso –dijo.

–Eso creo –dijo Rashid mirando a Polly proteger sus ojos del sol con una mano.

Él quería sinceramente que a Polly le gustase aquel jardín. Le encantaba su entusiasmo y el sentimiento de estar compartiendo con Polly algo que ella guardaría en su memoria como algo especial.

Desde que su padre le había dado aquel palacio como hogar, él había sentido una extraña atracción por la rosaleda. Se había pasado años intentando distanciarse de su herencia inglesa, pero siempre se había sentido atraído por aquel jardín con su mezcla de Oriente y Occidente.

Se sentía en casa allí. En paz. Y aquél era el propósito del jardín: ser un lugar donde pudiera sentirse en paz consigo mismo y con Dios.

–No es un jardín muy inglés –comentó Polly mirando los naranjos.

Él la observó. Bahiyaa le debía haber sugerido que se pintase los ojos con *kohl*, haciéndose una línea oscura en sus ojos, que eran tan azules como los de él. Ella era tan híbrida como aquel jardín. Llevaba ropa tradicional de Amrah, y era la encarnación de la fantasía.

No era parte de su plan querer besarla; la había llevado allí para conversar. Pero le costaba recordarlo cuando su cuerpo reaccionaba ante ella de aquel modo. No quería hablar. Ya había probado el sabor de Polly y sabía cómo era su tacto contra su cuerpo. Y se moría por sentirla.

No había querido sentirse atraído por ella, pero no había podido evitarlo. Estaba atrapado en su telaraña, y cuanto más luchaba por escapar, más atrapado estaba.

De pronto pensó que lo que le había contado antes a Polly podía ser usado en su contra, si quería. El conocimiento de que la publicidad negativa podía hacer daño a Hanif era poder si ella quería usarlo. Tenía que estar seguro de los motivos de Polly para estar allí. No era suficiente con pensar que era inocente. Tenía que saberlo.

–Pero tampoco es un jardín típico de Amrah –respondió él–. Aunque tenga elementos de un jardín árabe.

–Es muy hermoso –dijo Polly.

Estaba contenta con él en aquel momento. Si la besaba, ¿lo detendría o se entregaría a lo inevitable? Porque en cualquier otro lugar, en cualquier otro momento, habría sido inevitable.

–Los jardines ingleses tienen fuentes también. En Shelton tenemos una espectacular.

La mención del hogar ancestral de su hermanastro fue tan efectivo como una ducha fría. ¿Sabría Polly cuánto había perjudicado Anthony Lovell su herencia? Posiblemente el vender Golden Mile a Rashid había sido el último acto de un hombre desesperado.

Y los hombres desesperados podían ser muy persuasivos. Y tal vez el amor de ella por el castillo fuera suficiente tentación. Sin su intervención no creía que pudiera ver al duque en su castillo por mucho tiempo.

Caminaron por debajo de la parra hacia el cenador.

–Siempre hablas del castillo de Shelton con mucho afecto.

–Lo amo, siempre lo he amado. Mi madre dice que es porque le he sacado brillo. Lo que es verdad. Tuve mi primer trabajo en el castillo a los catorce años.

Rashid no dijo nada, esperando que su silencio la hiciera hablar.

–Hay un sentimiento muy grande de historia en

ese sitio. Cada cosa tiene su historia. Y tenemos nuestro propio fantasma.

—¿Sí?

—Yo no la he visto nunca, pero muchos dicen haberla visto. La llamamos la duquesa loca, pero en realidad era lady Margaret Chenies, a quien casaron contra su voluntad con el primer duque de Missenden durante la guerra civil inglesa —dijo ella con picardía.

—¿Estaba loca?

—No lo sé. Fue muy desdichada.

—Como todos los fantasmas.

—Sí. Lady Margaret se dedicó totalmente a su único hijo, que murió durante el sitio de Gloucester en mil seiscientos cuarenta y tres. Ella no aguantó el dolor y se tiró por la ventana.

—Ah.

—Otros dicen que la empujó su marido. El caso es que ahora lady Margaret camina por la galería llamando a su hijo. La galería no estaba construida en mil seiscientos cuarenta y tres.

Rashid sonrió. Su entusiasmo era contagioso, como lo había sido en el documental de Shelton. Ella tenía un don natural frente a la cámara y no le extrañaba que su amiga hubiera querido usar su talento.

Sintió que su fuerza de voluntad se debilitaba. Quería creerla, pero si la creía, estaba perdido.

¿Cómo era posible tener una aventura con una mujer cuya vida estaba destruyendo? Cuando él le quitase Shelton a su hermanastro, ¿qué haría ella? ¿Lo odiaría?

–¿Piensas hacer más trabajos para televisión después de esto?

Polly negó con la cabeza.

–No creo. Supongo que si me sale algo lo haré, pero no estoy especializada en nada.

–¿Qué piensas hacer?

–Volveré a Shelton.

–¿Directamente?

–Bueno, Semana Santa es el comienzo de la temporada turística y hay mucho trabajo que hacer para preparar la casa.

Otra vez él notó aquel entusiasmo, pero le pareció que transmitía algo más. Algo que ella no estaba diciendo, algo que nublaba su alegría sobre el castillo y su papel en él.

Entraron en el cenador y Polly se sentó.

–¿Cómo es que está todo tan verde?

–Hay un sistema de riego a partir de una fuente natural.

–¿Creado para Elizabeth?

Él asintió.

–El rey Mahmoud debió de haberla amado mucho –dijo ella–. Es una pena que tuvieran que hacer daño a tanta gente para estar juntos. A mí me parece que eso estropea la historia.

Polly lo sorprendía todo el tiempo. Aquél no era un comentario que esperase oír de una inglesa. En su experiencia, ellas buscaban dinero y poder, y no dudaban en conseguirlo aunque tuvieran que buscarlo en el marido de otra mujer.

Un sirviente les llevó zumos. Rashid notó que Polly se había quitado su *lihaf* y se había dejado el pelo suelto. Era muy fácil imaginarlo extendido en una almohada, al lado de él.

Rashid la animó a probar el zumo de lima.

Polly jamás podría ser parte de su vida, porque aunque no estuviera emparentada con el duque de Missenden por matrimonio, no era una elección posible, como su madre no lo había sido para su padre.

Representaban dos culturas que no podían sino chocar. Era hora de que eligiera una esposa, pero él no la buscaría en Occidente.

Observó a Polly sorber el zumo de lima.

–Es delicioso, muy refrescante –ella sonrió y él sintió que su sonrisa llenaba el jardín.

–Me alegro de que te guste.

Luego hubo un silencio.

–No puedo imaginarme irme de un sitio tan hermoso, sobre todo si lo creasen para mí –dijo ella–. ¿Por qué se fue Elizabeth?

–No tuvo elección. Su aventura fue un escándalo aquí también.

–¿Porque el rey Mahmoud estaba casado?

–Tenía sólo dos esposas cuando conoció a Elizabeth y podría haberse permitido una tercera –respondió Rashid–. El problema era que ella no era libre para comprometerse con él.

–Pero si ella no hubiera estado casada, ¿habría estado bien?

Él asintió.

–¿Y por qué va a aceptar casarse cualquier mujer con un hombre que ya tiene dos esposas?

Él había tenido aquella conversación muchas veces durante sus años en la Universidad de Cambridge. Era lo que más molestaba a las mujeres occidentales y él había llegado a disfrutar del debate.

—Quizás porque confía en su padre —dijo él, mirándola.

No era lo que Rashid quería para sí. Él quería una mujer que fuera su igual, que protegiera a sus hijos con su vida, una mujer que lo amase a él y sólo a él.

—En mi cultura, la esposa de un hombre es elegida por la familia de él, teniendo en cuenta su estatus, sus antecedentes familiares y su capacidad intelectual.

—¡Qué romántico!

—El marido y la mujer comparten valores y deberes. El amor romántico a menudo viene luego.

—Y si no llega, ¡se busca otra esposa! —exclamó ella.

Polly sabía que Rashid se lo estaba pasando bien a su costa.

—No es tan sencillo. El hombre puede tener hasta cuatro esposas. Pero ninguno de mi generación lo hace. Cada esposa debe ser tratada igualitariamente, en todo.

—Si el rey Mahmoud se hubiera casado con Elizabeth tendría que haber construido dos jardines más como éste para sus otras esposas. Un hombre con más de una esposa debe compartir su tiempo, su cuerpo y sus posesiones a partes iguales con ellas. Es muy caro y físicamente agotador. Estoy seguro de que estarás de acuerdo conmigo.

Rashid observó a Polly ponerse colorada. Él no

recordaba cuándo había sido la última vez que había visto ruborizarse a una mujer.

—Y una tontería si puede tener una querida —dijo Polly.

—Ah, pero ése no es un principio, sino una debilidad humana.

Polly se rió. No pudo evitarlo.

—Entonces, ¿vas a casarte con la mujer que escoja tu familia?

Era una pregunta difícil, pero la respuesta más sincera era «no». ¿Cómo iba a poder hacerlo? Para eso tenía que tener confianza en que su familia supiera elegirla hábilmente y pensando en su felicidad.

Su abuelo y su padre eran hombres notables, pero no confiaba en su juicio.

—Cuando llegue el momento, seré yo quien elija a mi propia esposa.

CAPÍTULO 6

–¿Y BAHIYAA? –preguntó Polly–. ¿Podrá escoger a su esposo?

–Bahiyaa ya está casada. Pero la respuesta a tu pregunta es que el matrimonio de mi hermana fue organizado por nuestro padre y aprobado por mi abuelo.

A Polly le sorprendió.

–¿Lo conozco?

Rashid agitó la cabeza.

–El matrimonio de Bahiyaa fue un gran fracaso. De hecho, ella dejó a su marido y buscó refugio en su familia.

–¿Pero no está divorciada?

–Su esposo no lo desea –respondió él–. En Amrah, un divorcio no es un derecho automático. Bahiyaa tiene que convencer a una corte de que tiene motivos fundados. Omeir es un hombre inteligente que ha sido muy convincente. Y nuestro error ha sido no darnos cuenta de que su esposo no la dejaría marchar. Ella ahora no tiene modo de sostener su versión de los hechos.

–¿Y eso es todo? ¿No hay nada más que pueda hacer?

–Por el momento, no.

–¿Ni siquiera en una familia tan influyente como la tuya? Seguramente, si interviniese tu abuelo...

–Aun así.

–¿Cuánto tiempo lleva Bahiyaa separada de su esposo?

–Cuatro años.

–¿Cuatro años?

–Sé que es injusto. Cuando un hombre se casa, nuestra religión nos enseña que es una unión de almas para toda la eternidad. Es deber del esposo amar y cuidar a su esposa durante toda su vida. Debe amarla y cuidarla en la enfermedad y en la salud. Siempre.

Puesto así sonaba bonito.

–¿Y no fue así en el caso de Bahiyaa?

–No. Omeir es un hombre influyente y de una buena familia. Tiene muchos talentos en muchos aspectos, pero también es cruel y violento.

–¿Violento?

–Mi padre no lo sabía.

Polly se sentó en silencio. Bahiyaa era tan encantadora, inteligente y hermosa... No se merecía un marido así.

–Bahiyaa hizo todo lo que pudo para que su matrimonio fuera un éxito. Su fracaso la hizo avergonzarse, un sentimiento que no debería haber experimentado. Y tampoco estaba segura del apoyo de nuestro padre.

–¿Por qué no?

–Es una cuestión de honor. Del honor de nuestra familia.

–Eso no tiene sentido. Tu padre está divorciado.

—Es distinto para un hombre.

—¡No debería ser así!

—Y mi madre es inglesa. Ella no se sentía ligada a los preceptos de una religión que no era la suya. Y tuvo todo el apoyo de su familia.

Pero había abandonado a su hijo. Polly no podía imaginar la pena que eso habría supuesto. ¿Qué la habría llevado a hacer aquello?

Rashid había hablado de que había elegido ser árabe. ¿Lo habrían puesto en la situación de tener que elegir entre sus padres?

—¿Tuvo que irse de Amrah sin ti? —Polly no pudo evitar preguntarlo.

—Ciertamente. Mi madre no tenía el derecho legal de llevarme sin el permiso de mi padre, y él jamás se lo habría dado. Quizás, si yo hubiera sido una niña... Pero aun así, no creo.

Ella sintió un nudo en la garganta y tardó unos segundos en poder preguntar:

—¿Qué la hizo marcharse?

—No es un secreto —Rashid volvió a llenar su vaso con zumo de lima y le ofreció rellenar el suyo.

Polly asintió.

—Para simplificar, mi padre quiso tomar otra esposa. Y mi madre se opuso.

—La poligamia no es algo aceptable en Inglaterra. Seguramente, él lo sabría.

Rashid dejó la jarra de zumo en la bandeja.

—Sí. Pero el deseo de mi padre de tener una segunda esposa más joven fue motivado por cuestiones políticas y por chantaje emocional. Mi abuelo así lo deseaba.

Ella se quedó callada, pero no había justificación posible para lo que le había hecho el padre de Rashid a la mujer con la que se había casado supuestamente por amor. Y tampoco para lo que le había hecho a su hijo.

Le había quitado la madre a un niño pequeño.

—Fue un asunto político. En los primeros años del reino de mi abuelo, él favoreció a su hermano menor, el príncipe Faisal, como su sucesor. Era una elección sensata. Pero pasó el tiempo y, gracias a Dios, mi abuelo tuvo una vida larga y fructífera. Y lo lógico fue elegir un heredero de entre sus nueve hijos.

Él contaba todo aquello como si no tuviera importancia, pero Polly vio que sus facciones se endurecían.

—Mi padre es el mayor. En aquel momento tenía treinta y tantos años, era un hombre educado y disciplinado, bastante popular entre la gente de Amrah y ya tenía dos hijos. El problema es que mi abuelo quiere que el soberano sea totalmente árabe.

Aquello fue como la clave para comprender el alma de Rashid.

Ella sintió rabia por el pequeño Rashid, que con ocho años había sentido que nunca sería suficientemente bueno y puro para su familia.

—La princesa Yasmeen, la primera esposa de mi padre, y la mujer que mi abuelo había escogido, había muerto joven. Mi padre debía de estar muy unido a ella, porque no quiso volver a casarse.

—Hasta que conoció a tu madre.

Polly comprendió por qué Hanif era un heredero adecuado y Rashid no.

—Mi abuelo no aprobaba el matrimonio de mi padre con mi madre, pero él se casó igualmente. Si pensó que con el tiempo mi abuelo cambiaría de opinión, se equivocó.

Polly reprimió unas lágrimas.

—Amrah era un país joven que salía de un siglo de aislamiento. Mi abuelo lo estaba modernizando, y le aconsejaron cautela en la elección de sucesor. Si le pasaba algo a Hanif, temían que mi padre pudiera nombrarme a mí como sucesor, y le dio un ultimátum para que tomara una segunda esposa.

—¿Podría haberse negado?

—Sí. Pero mi abuelo sabía que no lo haría, porque mi padre está profundamente comprometido con Amrah —dijo Rashid, orgulloso.

Hizo una pausa y luego continuó:

—Hay una historia de rebelión en la zona de Muzna, y se sugirió la idea de estrechar los lazos casando a mi padre con la hija del jeque Sulaiman, Samira.

—¿Y ella aceptó?

—Tenía diecisiete años entonces, y la oportunidad de ser princesa. A las pocas semanas de ese matrimonio mi madre volvió a Inglaterra.

—Es muy triste.

—Sí.

—¿La volviste a ver cuando eras pequeño?

—No. De pequeño sólo supe que ella se había marchado. Nunca cuestioné el juicio de mi padre.

—¿Y la ves ahora?

–Ocasionalmente. Es mi madre. La respeto como tal, pero yo elegí abrazar la vida que ella rechazó. No hay final feliz. Es una mujer a la que apenas conozco.

–¿Se casó nuevamente?

–Sí.

–¿Y tuvo hijos?

–Tengo dos hermanastras, Miranda y Portia.

–¿Y la princesa Samira y tu padre tuvieron hijos?

–Tres hijos y cinco hijas. Recientemente mi padre tomó una esposa joven y la princesa Raiyah dio a luz a dos hijos mellizos hace algo más de dos años.

–Siete hijos... Tu abuelo debe de estar encantado de que su plan saliera tan bien –dijo ella.

–Excepto que mi abuelo probablemente sobreviva a mi padre. Tendrá que nombrar un nuevo heredero y el hijo mayor de Samira es todavía demasiado joven.

O sea, todo ese dolor había sido para nada, pensó ella.

–¿Y qué fue lo que finalmente hizo que Bahiyaa tomara la decisión de dejar a su esposo?

–Omeir nunca le había dejado una marca a Bahiyaa donde pudiera verse, pero una noche la tiró contra una pared y ella se rompió la muñeca al poner las manos para detener la caída. Cuando vino a verme tenía un ojo negro, heridas en la cara y marcas alrededor del cuello.

Polly sintió mucha rabia.

–Tres semanas más tarde, Bahiyaa perdió el bebé que llevaba en su vientre.

¡Oh, Dios! ¡Era terrible!

Polly puso la mano encima de la Rashid instintivamente. Él rodeó su mano con la suya.

–Tuvo suerte de tener un sitio donde refugiarse –dijo ella.

–Bahiyaa vive bajo mi protección. Está a salvo. Pero ha perdido la posibilidad de tener hijos, y compañía.

«Amor», pensó Polly.

–¿No podría ayudarla tu padre?

–Él se niega incluso a verla. Quiere que Bahiyaa vuelva con su marido.

–¿Y que la pegue?

–Debe de creer que no sucederá.

–¿Cuánto puede vivir tu padre?

–Horas. Días. Semanas. Su cáncer está avanzado, pero él es un hombre fuerte.

–Bahiyaa parece muy tranquila.

–Está resignada. Supongo que se alegra de no vivir atemorizada. El hecho de que nuestro padre la rechace es un tema más difícil.

Hasta aquel momento Polly no había comprendido que ofreciendo refugio a Bahiyaa Rashid había perdido el contacto con su padre. Y de pronto comprendió por qué Rashid no estaba junto al lecho de su padre. No estaba allí porque, por lo que había hecho, no se lo permitían.

Rashid había elegido hacer lo que debía hacer, aunque tuviera que pagar un gran precio.

Era un hombre fuerte, sexy y maravilloso. Un hombre en quien se podía confiar. Un hombre digno de ser amado.

La mirada de Polly se detuvo en los labios que la habían besado. Estudió su curva, el labio inferior, carnoso y sensual...

–Polly...

Desde no sabía dónde ella dejó escapar una lágrima. No sabía bien por qué. No sabía si lloraba por el niño que él había sido, por el hombre que era ahora o por Bahiyaa.

Sólo sabía que sentía una abrumadora tristeza.

Lo deseaba con una pasión que no comprendía. No tenía nada que ver con el sexo. Se trataba de un sentimiento de pertenencia. De que aquél era el hombre que ella había estado esperando.

–Eres tan hermosa...

Él le acarició la mejilla. Y ella se estremeció.

Rashid le agarró la cara con ambas manos y la besó. Su beso fue todo lo que había sido el beso anterior y mucho más. Había desesperación en él, el conocimiento de que aquella pasión traspasaba la razón. Ellos vivían vidas muy diferentes, incompatibles. No podía haber futuro. Sólo podían disfrutar de aquel momento.

Pero aquel momento era todo lo que ella quería. Sintió calor recorriéndole las venas y un nudo en el estómago.

Lo deseaba. Pero era mucho más que eso: quería que él la amase.

La lengua de Polly se movió contra su boca. Ella quería saborearlo, sentir que invadía su cuerpo. Sus labios se abrieron y su corazón se aceleró.

La mano de Rashid la acercó un poco más a él.

No había nada que ella no estuviera dispuesta a

hacer por él. Nada. Allí y en aquel momento, en el jardín de Elizabeth sería su amante si eso era lo que él quería. Ella sólo deseaba que siguiera besándola. Que la besara hasta que estuviera completamente segura de que no había vida fuera de aquel momento.

Todo su cuerpo estaba sintiendo el placer. Quería más.

Ella gimió.

De repente, se oyó un ruido de cristal.

—Tu vaso —dijo él.

Por dentro ella estaba gritando, pero el orgullo hizo que se callara. Se agachó para recoger el cristal.

—Déjalo —le dijo él.

Polly dejó a un lado lo que ya había recogido y lo miró.

—Eres demasiado hermosa como para resistirme a ti.

Polly se quedó como hipnotizada. Nadie le había dicho algo así en toda su vida.

Pero sabía que Rashid pensaba que aquel beso había sido un error.

Ella no era más adecuada de lo que su madre lo había sido para su padre. Sólo podía ser una distracción temporal y, si seguía por aquel camino, él le haría daño.

Pero se moría por tener sus brazos alrededor de su cuerpo una vez más. Y si tenía que conformarse con los recuerdos de aquella noche, lo haría.

Rashid le acarició el labio con el pulgar y luego, mirándola a los ojos, le puso el *lihaf* sobre la cabeza.

–El calor del sol es muy fuerte ahora. Tengo que llevarte dentro nuevamente.

–Gracias por contarme lo de tu padre. Y la historia de Bahiyaa. Tu hermana es muy afortunada por tener un hermano como tú.

Tuvo que hacer un esfuerzo enorme para darse la vuelta y dejar de mirar a Rashid, pero lo hizo. Con la frente bien alta, salió del cenador al sol del mediodía.

–Polly.

Ella hizo más lento su paso y lo esperó.

–¿Qué dirección hay que tomar? ¿Estarán los muchachos aún en los Majlis?

–Es posible. ¿Es allí donde quieres ir?

No, no quería eso. La idea de tener que conversar de cualquier cosa con gente que apenas conocía no la atraía absolutamente nada. Lo que deseaba realmente era estar sola y digerir lo que Rashid le había contado. Y tener la oportunidad de comprender lo que le sucedía a ella.

–Creo que me gustaría leer un rato.

Rashid asintió.

–Entonces te llevaré con Bahiyaa. Ella te enseñará el camino a tu habitación.

–Sobre Polly...

Rashid guardó el archivo en el que estaba trabajando en su ordenador y le prestó atención a su hermana.

–¿Has llegado a alguna conclusión?

Las preguntas que él tenía sobre su hermanastro

y su vida en Shelton estaban sin responder, pero al parecer él también había tomado una decisión.

Rashid no había tenido intención de besarla por segunda vez, ni de desnudar su alma frente a ella. Pero sus hermosos ojos húmedos, su mano cubriendo la suya... No había podido resistirlo.

La dulzura de su beso le había llegado muy adentro. Había notado la vulnerabilidad de Polly y eso lo había hecho arder. Lo que le preocupaba era la sensación de intimidad que sentía con ella.

Eso era nuevo.

Habitualmente sus relaciones no se basaban en la conversación. Se basaban sólo en el sexo, la necesidad y la pasión.

No dejaba que ninguna mujer se acercase demasiado a él. Si sentía que se acercaban demasiado, daba un paso atrás.

Pero Polly había traspasado alguna línea, y él no quería eso. La privacidad de su familia era sagrada, y sin embargo, por alguna razón, se había sentido capaz de hablar con ella. Y luego había confiado en que ella no usaría esa información para hacer daño a la gente que él amaba.

Había confiado en ella. Cuando miraba sus ojos azules, veía sinceridad, lo que significaba que la iban a herir. Por culpa de él.

—Ella no sabe nada, Rashid —afirmó Bahiyaa con total convicción.

—Quizás.

—He tenido muchas conversaciones con Polly sobre el castillo de Shelton. No creo que a ella su hermanastro le importe mucho.

–Él es un hombre muy desagradable.

–Ella dice que es débil.

–Eso está bien.

Débil, avaricioso y deshonesto. Pero él era de la familia de Polly, aunque sólo fuera familia política.

–Si él no le gusta, ¿te ha dicho por qué se queda allí? –preguntó Rashid.

–Por el accidente de su madre.

Bahiyaa retorció sus pulseras y agregó:

–¿Y has pensado preguntarle qué piensan sus hermanastros sobre la boda de su padre? ¿Qué dijeron? –Bahiyaa se acercó más a él–. ¿Le has preguntado cuáles son sus temores sobre el futuro de Shelton?

Rashid pasó la pluma que tenía en la mano derecha a la mano izquierda.

Bahiyaa sonrió.

–Pareces haber descubierto muy poco –comentó.

Rashid no la miró.

–Seguramente habría sido más sencillo preguntarle sobre Golden Mile, ¿no crees? –insistió Bahiyaa.

–Ese asunto no tiene por qué preocuparle a ella.

–¡Por supuesto que le preocupará! El castillo de Shelton no sólo es su casa, sino también un lugar que ella ama. Polly ha dedicado su vida a él y lo que tú propones hacer se lo quitará. No puedes destruir al duque de Missenden sin hacer daño a Polly. Y estás trabajando en esa dirección mientras le ofreces amistad a ella. No creo que Polly pueda perdonarte eso, Rashid. Y no estoy segura de que tú puedas perdonarte.

–Mi honor pide justicia –dijo él.

–Tú tienes el poder de atemperar tu justicia con misericordia, si quieres. Rashid, te conozco –Bahiyaa le tocó el brazo–. Jamás serás feliz con una mujer que ha vivido toda su vida en Amrah. Tú dices que eso es lo que tú...

Rashid dejó el bolígrafo en el escritorio. Bahiyaa estaba dando en el blanco.

–Cuando me case, elegiré a una mujer de mi cultura. Yo me ocuparé de la madre de mis hijos.

–Tú deberías elegir a la mujer que ames –lo corrigió Bahiyaa–. Y si amas con sensatez, ella será una mujer que te ayudará a aceptar que te han modelado dos culturas, Rashid. Y tus hijos serán una bendición porque sus padres los criarán dentro de una relación de amor.

Rashid la vio pestañear intensamente.

–Ni Hanif ni tú ni yo tuvimos eso. Lo que experimentamos no fue bueno.

Lo que Bahiyaa había experimentado en su matrimonio había sido infinitamente peor, agregó Rashid en silencio.

CAPÍTULO 7

RASHID estaba preparado para marcharse a Al-Jalini mucho antes de la hora. Las palabras de Bahiyaa le habían llegado muy dentro.

Había sido como si ella le hubiera puesto un espejo a su vida. Y no estaba seguro de que le hubiera gustado lo que había visto.

Él era todavía aquel niño que intentaba encajar en su entorno, que buscaba que lo aceptasen, tratando de ser mejor, más fuerte.

Rashid juró suavemente.

Porque sabía que su padre siempre había estado observándolo, buscando signos de su madre. Y él había querido que su padre estuviera orgulloso de él. Había querido superarse en todo. Hasta su amor por el desierto había nacido de su necesidad de ser aceptado.

Pero nada de lo que había hecho había sido suficiente. Era hora de aceptarlo y comprender por qué. Él tenía los ojos de su madre, y cuando su padre lo miraba, la veía a ella. La mujer que lo había avergonzado públicamente.

Y él había aprendido a despreciar lo que le habían enseñado a despreciar.

Bahiyaa tenía razón: tenía que aceptar que era

producto de dos culturas y encontrar el equilibrio entre ellas.

Bahiyaa también le había hablado de buscar una esposa. Ya era hora. Él quería tener una familia. Crear lo que jamás había tenido.

Muchas veces habían bromeado sobre el tema con Hanif. Pero al final su hermano sabía que tendría que cumplir con su deber. Su destino era casarse dinásticamente.

Su camino, en cambio, estaba menos delineado. Su elección era más amplia. Pero temía que Bahiyaa tuviera razón. Él no se sentiría satisfecho con una relación basada únicamente en el deber y la amistad.

Él sería feliz con una mujer que comprendiera que era árabe de corazón. Y Amrah era el lugar donde se sentía en paz. Era una tontería pensar que podría ser feliz en Amrah con una mujer criada con las libertades de Occidente. Y eso debía guiar su elección.

Su esposa no podía ser una mujer como Polly. Era imposible.

Su ayudante golpeó suavemente la puerta y dejó unos papeles en su escritorio cuando Rashid lo hizo pasar.

—Lo que ha pedido está aquí, príncipe Rashid.

Rashid asintió.

—Deja la carpeta en mi escritorio.

Sus sentimientos sobre Polly eran complicados. Era verdad que intentaba arruinar a un hombre que era su hermanastro. Y que así haría justicia. Bahiyaa no comprendía que no hacerlo lo dejaría en ridículo en el mundo de las carreras. Sus acciones serían moderadas pero decididas. No era venganza. Era justicia.

Intentaría minimizar al máximo las consecuencias de sus actos para perjudicar lo menos posible a Polly y a su madre. Ése era el acto de un hombre honorable.

Aunque no le apetecía, leyó la información. Su agente admitía haber aceptado el soborno del duque de Missenden.

La traición de un hombre al que había considerado su amigo lo había herido profundamente y tomaría medidas al respecto. Con calma, hizo las llamadas de teléfono oportunas. Farid jamás volvería a tener una posición en la que pudiera aceptar sobornos.

Y eso lo entristecía. Como lo entristecían los detalles de cómo se administraba Shelton, de dónde salía el dinero del día a día.

Lo que estaba claro era que la exigencia de Karim de que se devolviera el dinero pagado por Golden Mile sólo podía satisfacerse si el duque de Missenden vendía el castillo de Shelton.

Todo aquello por lo que había trabajado Polly se perdería irremediablemente. Sería poco consuelo para ella saber que la pérdida del castillo era la consecuencia de las acciones de su hermanastro cuando era su mano la que hacía justicia.

Rashid puso una etiqueta con las palabras *Proceder como se acordó* en la carpeta.

No tenía otra opción, pero no sintió ninguna satisfacción. Y la razón era Polly. No sólo no habían encontrado nada que la incriminase, sino que ella había salvado Shelton. Rashid estaba seguro de que, sin su trabajo, su hermanastro habría perdido Shelton hacía más de un año.

Había sido su fuerza de carácter lo que había hecho posible un evento como aquél en el que la había conocido.

Sulaiman, uno de sus empleados de más confianza, entró y dijo:

—Sus invitados están listos para salir, alteza.

Rashid se puso de pie inmediatamente.

Seguramente Polly estaría de acuerdo en que tenía derecho a una compensación por un fraude de millones de libras perpetrado contra él, ¿no?

Pero Bahiyaa había dado en el blanco. Él le había mentido a Polly por omisión. E iba a quitarle algo a lo que ella había dedicado toda su vida. Cuando volviera a Inglaterra, la vida de Polly se habría alterado de un modo que jamás habría podido imaginar.

Rashid salió a la luz del sol e inmediatamente vio a Polly de pie, algo apartada del resto de su equipo, cubriéndose del sol con la mano en los ojos, mirando hacia el palacio.

Ella pareció intuir su presencia porque se dio la vuelta y sonrió. Involuntariamente, Rashid caminó hacia ella.

—Karim dice que no se nos permite tomar fotos del palacio. ¿Estás seguro de ello? —dijo Polly.

—Muy seguro.

—¿De verdad?

—Es mi casa y, por lo tanto, un lugar privado.

—El castillo de Shelton es mi casa, y sin embargo permitimos que la gente tome fotos.

Él sintió cierta culpa. Necesitaba contárselo todo, pero quería hacerlo de un modo que suavizara el golpe.

Polly le gustaba. Admiraba su fuerza.

Y aunque sabía que debía apartarse de ella, seguía teniendo ganas de besarla. Si hubiera podido, la habría estrechado en sus brazos y la habría protegido de todos los golpes de la vida con su propio cuerpo.

Polly parecía una mujer muy distinta de la que había visto en la rosaleda. Su cara no tenía maquillaje, su pelo rubio estaba peinado con un moño y estaba vestida con ropa occidental. Se parecía más a la mujer que había visto en Shelton.

Él quería besar su lóbulo de la oreja y su cuello hasta la clavícula, pasar la lengua por su labio inferior...

Pero no podía ser. Debía actuar de forma razonable, así que se apartó y caminó hacia los coches que estaban esperando.

Baz miró los mapas que tenía en el capó.

–¿Vamos a tomar la carretera principal de la costa?

Rashid no contestó inmediatamente, y se alegró de que Steve preguntase:

–¿Cuánto tiempo hay de viaje? Da la impresión de que nos llevará la mayor parte del día.

Otra mentira por omisión. Al menos aquélla era para asegurar su seguridad.

–Alteza –los interrumpió Karim–. Hay una llamada telefónica que creo que debería contestar de inmediato.

Rashid sintió un escalofrío.

—Les pido disculpas. Tardaré lo menos posible —se dio la vuelta y caminó hacia el interior del palacio.

Karim lo alcanzó y le dijo:

—Es su alteza el príncipe Hanif, alteza.

Rashid asintió. Se acercó a su escritorio y agarró el teléfono.

—¿Hay novedades?

—Acabo de hablar con el oncólogo y me ha confirmado que es cuestión de días. Sus riñones también han fallado.

Eran noticias que esperaba, pero eso no lo hizo más fácil. Días. Rashid miró a Bahiyaa, que estaba de pie en la puerta.

—¿Todavía es capaz de mantener una conversación? —preguntó, mirando a Bahiyaa.

—Esporádicamente. Está tomando grandes dosis de morfina y está dormido casi todo el tiempo.

—¿Ha...? —empezó a decir Rashid.

—No.

Eso quería decir que todavía rechazaba ver a Bahiyaa.

—Y creo que ya no deberíamos esperarlo.

Rashid negó con la cabeza mirando a su hermana y ella asintió. No le quedaban lágrimas ya, y eso entristeció a Rashid. Lo único que le quedaba era resignación.

—Rashid, ¿quieres estar aquí en el final? Estoy seguro de que lo podemos convencer de que te vea. O, al menos, podríamos mandarte llamar en cuanto se quede inconsciente.

¿Qué sentido tenía eso?, pensó Rashid.

—No.

Hubo un silencio al otro lado del teléfono.

—Me aseguraré de que nada vaya mal durante la filmación —comentó Rashid—. Los próximos días serán cruciales para ti. Continuaremos como hemos dicho.

—Rashid...

—Estuvimos de acuerdo en ello.

Hubo otro silencio.

—Bahiyaa no debería estar sola.

—Ella está aquí —Rashid se acercó a su hermana y le pasó el teléfono.

Rashid se dio la vuelta para dejarle intimidad, pero no pudo evitar oír su conversación.

—Quizás sea mejor así —dijo su hermana. Hubo otra pausa y Bahiyaa agregó—: ¿Vas a llamarme en cuanto... tengas noticias?

Bahiyaa actuó serenamente, digna y emocionalmente controlada. Rashid oyó el clic cuando Bahiyaa colgó, y se acercó a su hermana para abrazarla con cariño.

Ella no lloró, pero se quedó inmóvil en sus brazos. A Rashid no se le ocurría nada que pudiera consolarla. Su padre se estaba muriendo, y estaba tan enfadado con ella que no quería verla.

—¿Quieres que me quede? —preguntó él.

—No —Bahiyaa se echó atrás—. No ha cambiado nada. Quiero que Hanif sea el próximo rey de Amrah. Nada debe ir mal ahora. Cuando Hanif sea rey, me dará la libertad.

Eso era verdad. Habían hablado a menudo de

ello. Bahiyaa se aferraba a ello con tenacidad. Era su única esperanza.

–Omeir no volverá a tocarme. Pero siento que tú hayas sufrido por mi culpa. Deberías estar con nuestro padre.

Rashid se inclinó hacia delante y le dio un beso en la mejilla.

–Yo siento que tú estés sufriendo por su ceguera. Él está equivocado y ha hecho su elección –dijo Rashid.

–¿Dónde está Rashid Al Baha? –preguntó Baz mirando su reloj por décima vez–. Esto es ridículo.

–Es un príncipe. Ten en cuenta que nosotros sólo somos simples mortales –respondió John sacando un cigarrillo y buscando cerillas–. ¿Alguien tiene fuego?

Polly no dijo nada. Miró la puerta, esperando que reapareciera Rashid. Sospechaba que había habido noticias sobre su padre.

Y a ella le importaba. Se estremeció. ¿Qué estaría sucediendo dentro?

Aunque las circunstancias eran totalmente diferentes, recordó la muerte de su padre. Había tenido ocho años entonces...

Rashid no tenía ocho años, pero ella sufría por él igualmente. Había cosas pendientes entre su padre y él y aquello lo afectaría el resto de su vida.

–¡Aquí está! –exclamó John.

Polly miró a Rashid buscando en su rostro algún signo de lo que había sucedido. Pero no vio nada. Sus ojos no expresaban emoción alguna.

–Siento haberlos demorado –dijo Rashid–. ¿Nos vamos?

Apenas la miró, y eso le dolió. Ella se sentía tan cerca de él...

Porque lo amaba.

Rashid le había dejado ver al hombre que había por debajo del príncipe. Nada de lo que ella había leído sobre él la había preparado para ello.

Estaba enamorada del hombre que protegía a su hermana. Del hombre que quería a su hermano sin rivalidad alguna. Del hombre que la había escuchado con atención. Del hombre en quien, estaba segura, podía confiar.

Pero ella no era lo que él quería. Lo tentaba, sí, pero Rashid había sido condicionado para querer una esposa árabe y ella jamás podría ser eso, por mucho que lo amase.

Polly fue conducida a uno de los coches que estaban esperando. Rashid viajó solo.

Ella se echó hacia atrás en el asiento de piel y vio cómo el convoy se movía al unísono.

Sabía lo que era vivir entre la aristocracia británica, pero aquella experiencia era totalmente diferente.

A pesar de la belleza del hogar palaciego de Rashid, se permitió olvidar que él era de la realeza.

Estaba enamorada del príncipe de Amrah, un hombre de influencia y poder. Pero la química no iba a hacer que entre ellos hubiera más que una relación temporal. No se trataba sólo de diferentes culturas. Se trataba de estatus, de expectativas, de dinero, de conexiones.

Él había sido amable al dejar de besarla. No había querido darle esperanzas.

–¿Dónde estamos? –preguntó Pete mirando por la ventanilla–. Parece que fuéramos a un aeropuerto privado. Hay helicópteros esperando...

Los tres coches se detuvieron al mismo tiempo. Los motociclistas se bajaron de sus vehículos y unos guardias armados ocuparon sus posiciones.

Polly vio desaparecer a Rashid y luego esperó hasta que le dijeron en qué helicóptero tenía que ir. En un par de minutos subió a uno de ellos. Se sentó y se ajustó el cinturón de seguridad antes de alzar la mirada y ver que Rashid llevaba el control del aparato.

Era una confirmación de la distancia que había entre ellos. Él tenía una vida de aviones privados, helicópteros y carreras de caballos.

Era un príncipe.

Con un movimiento controlado, el helicóptero se levantó del suelo. Polly admiró por la ventanilla la vista aérea de Samaah, en la que destacaban las modernas carreteras.

Aquello era todo lo que ella había soñado ver, la aventura que quería, pero se sentía hueca por dentro.

Alrededor de Samaah el paisaje era vasto y vacío. Pero más adelante el suelo de piedra daba lugar al mar de color turquesa con las famosas arenas blancas de Amrah.

Junto al mar, un pueblo se extendía con la forma de una pera, dominado por tres fuertes, construidos presumiblemente para protegerlo de la fuerza del mar. Al-Jalini. Un lugar mucho más hermoso de lo que podía imaginar.

Rashid aterrizó hábilmente en el helipuerto de unos jardines de lo que parecía el palacio de un sultán. Estaba lleno de arcos, pilares de mármol y un atrio.

El equipo empezó a bajar de los helicópteros.

–Parece salido de *Ali Baba y los cuarenta ladrones*, ¿no? –comentó Baz.

Polly asintió. Era exactamente así. Buscó sus gafas de sol en el bolso.

–Vamos.

Ella asintió y siguió a Baz y a John en dirección a los bellos jardines.

Cuando se dio la vuelta vio que otro piloto había tomado el mando del helicóptero que Rashid había pilotado. Éste estaba a su lado, tenso.

–¿Qué lugar es éste?

–El hotel Al-Ruwi Palace –contestó Rashid–. Lo siento si el cambio de planes te ha inquietado pero es más seguro volar.

Polly deseaba desesperadamente preguntar por su padre. Lo habría acariciado y besado cariñosamente para borrar las arrugas de su ceño y el cansancio de sus ojos. Pero no había la más mínima oportunidad de hacerlo, aunque se hubiera atrevido. Baz se unió a ellos.

–Unas vistas fantásticas. Me habría gustado sacar fotos –dijo.

–Si quiere, puedo organizarlo –dijo Rashid, mirando el segundo helicóptero.

–Es un poco diferente de Samaah –dijo John en

el oído de Polly. Luego se apartó para encender un cigarrillo.

Polly tomó aliento. No pudo esperar más.

–¿Ha habido malas noticias? –preguntó cuando estaba sola con Rashid.

–Lo esperado. Hanif llamará cuando se haya acabado todo.

–¿No deberías estar allí? ¿Con el resto de tu familia al menos?

–No me lo han pedido.

–¿Y Bahiyaa?

–Se conforma con quedarse en Samaah.

–¿No podría haber venido aquí con nosotros?

–¿Al desierto? –Rashid sonrió–. Bahiyaa se afeitaría la cabeza antes de hacer eso.

Polly se rió.

–Lo odia, ¿verdad? Me ha dicho que montar en camello era una prerrogativa de los hombres. ¿Es verdad?

–Entre los beduinos del desierto de Atiq, sí. Sus mujeres caminan detrás.

–¡Sexistas!

Él le sonrió.

–Todavía no te has sentado en un camello. Después veremos si opinas lo mismo.

Era su única oportunidad de conversar antes de que se acercaran sus compañeros.

–Me he tomado la libertad de reservar habitaciones aquí, en Al-Ruwi Palace. Es muy seguro, y están acostumbrados a alojar a visitantes occidentales. Tienen instalaciones deportivas, un bar...

–¿Ha dicho alguien bar? –preguntó John, buscando un cenicero a su alrededor. Un empleado uniformado se apresuró a darle uno.

Polly se apartó.

El lugar era bastante artificial comparado con Samaah.

Entraron en la exuberante recepción. La gente que reconoció a Rashid lo miró con curiosidad.

Y Polly sintió tristeza por él, no pena, sino tristeza. Era un hombre rodeado de mucha gente, pero esencialmente estaba solo.

Sus propios compañeros estaban ajenos a todo excepto a sus propios motivos para estar en Amrah. No se les había ocurrido pensar que para Rashid podía ser un gran inconveniente que ellos estuvieran allí.

No les preocupaba otra cosa que la perspectiva de tener buenas instalaciones deportivas y un bar.

—No te gusta esto, ¿verdad? —dijo Rashid sobresaltándola.

—Es... —miró los colores chillones de los opulentos muebles, la decoración dorada y los toques de falso palacio de sultán—. ¿Y a ti?

—No fue diseñado para impresionarme a mí.

No, aquello era estrictamente para turistas, estaba claro.

—Supongo que después de haber visto algo auténtico... Tampoco ha sido diseñado para alguien como yo —respondió Polly.

Rashid la miró con ternura.

—Ah, pero tiene licencia para servir alcohol.

—Muy importante —susurró Polly—. El alcohol está asociado a las vacaciones en un país exótico.

Él se rió y le dio la tarjeta del hotel.

–Necesitarás esto para entrar en tu habitación.

–Gracias.

–Los ascensores están por aquí –dijo Rashid señalando hacia la izquierda–. Te mostraré el camino a tu habitación.

Ella sintió un nudo en el estómago.

Habría querido decirle que su beso había sido lo más erótico que había experimentado jamás. Que comprendía por qué él no quería una relación con ella, y gritarle que se estaba perdiendo algo maravilloso. Porque sería maravilloso, de eso estaba completamente segura.

El aire se llenaba de electricidad cuando estaban juntos. Eso no podía ser de una sola parte; estaba segura de que Rashid también lo sentía.

Polly respiró y aspiró la fragancia de su piel mezclada con un perfume de hombre, y se estremeció.

Nunca había reaccionado a un hombre de aquel modo.

El ascensor de cristal los llevó al quinto piso. Al llegar, Polly carraspeó.

–¿Tú te alojas en este piso también? –preguntó Polly.

–Estoy dos pisos más arriba.

Polly salió del ascensor.

–Creo que estoy por allí –agregó ella cuando vio el número siete.

–Sí.

Cuando llegó a la puerta, Polly se detuvo.

¿Lo invitaba a tomar una copa en su habitación? ¿O le ofrecía encontrarse para cenar? Le parecía que era distinto ahora que estaban en el hotel, como si pudieran aplicarse reglas occidentales.

En el tercer intento de abrir la puerta, él la ayudó.

La puerta se abrió.

–Espero que te guste el alojamiento –dijo Rashid.

Polly cerró los ojos y habló:

–¿Prefieres estar solo o quieres compañía?

–Polly...

–Debes de estar pensando en tu padre. En Bahiyaa...

Ella lo oyó suspirar y se dio la vuelta.

–Va a ser un día muy duro si lo pasas solo –agregó.

La indecisión de Rashid era evidente.

Polly se dio la vuelta para que Rashid tuviera la libertad de seguirla o no.

Dejó el bolso encima de la cama y dijo mirando por encima del hombro:

–Realmente deberías ver esto.

Rashid entró y vio lo que ella le señalaba. Había una zona para hacer té o café.

–Oh, y mira, ¡puedo incluso hacer mi propia versión del *gahwa*!

Él sonrió, pero era claramente un esfuerzo.

–Puedo callarme también –añadió Polly suavemente.

Él agitó la cabeza.

–Quizás sea mejor que me vaya. Hoy no soy muy buena compañía.

–Siéntate en el balcón un rato.

Él dudó.

Polly miró lo que había en el minibar.

–Puedo ofrecerte zumo de piña, zumo de naranja, de uva... –comentó Polly sujetando una pequeña bolsa con cubitos.

–Zumo de piña con hielo estaría bien.

–Seguro que esto no tiene nada que ver con los zumos de fruta que me has dado tú –dijo ella sacando dos botellas de cristal–. Esto es como lo que tenemos en casa...

Cuando volvió a mirar, Rashid había abierto el ventanal. Se acercó por detrás, pero él no la miró. Sus ojos estaban fijos en un punto distante y tenía cara de cansancio.

–¿Hay alguna hora en que tu hermano pueda llamarte para darte noticias?

–Llamará todas las noches y, por supuesto, más temprano si hay algo que decirme –Rashid aceptó el vaso que le tendía.

–¿Y va a llamar él a Bahiyaa o la vas a llamar tú?

–Creo que ambos llamaremos –hizo una pausa y luego agregó–: Eres muy amable.

Polly sintió como si le revolvieran el corazón.

–Siento que tengas que estar aquí –dijo ella sensualmente–. Cuidarnos es lo último que debes de querer hacer en este momento.

–Es necesario.

Si Rashid seguía con el itinerario que les había dado, tendría que estar al menos cinco días en aquel hotel. Y dos en el desierto de Atiq.

Su padre se estaba muriendo, y él no debía estar allí, pensó Polly.

Se quedó en silencio. Rashid hablaría si lo deseaba. Ella no lo forzaría a conversar.

Su padre iba a morir sin que Rashid tuviera el consuelo de poder despedirlo adecuadamente.

Y ella no podía abrazarlo.

Rashid respiró profundamente e hizo el esfuerzo de levantarse.

Ella sonrió.

–Supongo que cuanto antes terminemos con el programa, antes podrás irte a casa. Pero no estoy segura de que los muchachos quieran irse de aquí. Pete piensa que esto es el Edén...

Rashid le agarró la mano y entrelazó sus dedos con los suyos, unos dedos oscuros en contraste con los de ella.

Pronto Polly volvería a Shelton. La vida continuaría como lo había hecho durante años. Ella leería noticias sobre Rashid, vería fotos en las revistas, pero la vida de Rashid no volvería a coincidir con la suya.

Era posible que no volviera a agarrar su mano. Ella tenía que recordar aquello.

CAPÍTULO 8

RASHID no estaba acostumbrado a sentirse tan inseguro. Necesitaba decirle muchas cosas, pero era reacio a comenzar. Los ojos de Polly brillaban con lágrimas. Unas lágrimas que sabía que se debían a él. Porque él le importaba. Y podía contar con los dedos de una mano la gente a la que realmente le importaba.

E iba a destruir la fe de Polly en él. Si era sincero, tendría que contarle sus sospechas sobre ella. Y que su hogar sería malvendido. Que sabía que el Rembrandt de Shelton era una copia, y que el original se había vendido hacía dos años. Y que era posible que el resto de cuadros de la familia Lovell, reunidos durante años, sería separado y vendido a diferentes coleccionistas por todo el mundo.

Que el programa de conservación en el que ella había pasado horas, semanas, meses trabajando, jamás se llevaría a cabo. Que los árboles jóvenes que ella había plantado jamás se transformarían en la huerta que había imaginado. Que seis años enteros de su vida los había dedicado a algo con lo que él había decidido terminar.

¿Era debilidad intentar postergar el momento?

Rashid movió suavemente los dedos contra la

palma de la mano de Polly. Iba a hacerle daño y Bahiyaa lo conocía mejor de lo que se conocía a sí mismo. Iba a crucificarlo hacerlo.

–¿Por qué hay tantas cafeteras de cobre aquí? –preguntó ella.

A Rashid le encantaba notar que estaba nerviosa cuando estaba cerca de él. Toda la vida había sido perseguido por las mujeres. En Occidente casi todo se reducía a lo físico. Las mujeres querían el estatus de ser amantes suyas. En Amrah querían su estatus y su seguridad. Polly no quería ninguna de esas cosas, pero su cuerpo la traicionaba, atrayéndola a él, y eso lo excitaba.

–El *dalla* es un símbolo árabe de hospitalidad –dijo él, soltando su mano–. El deseo de compartir lo que tienes. Y esto tiene su raíz en la supervivencia.

–Sí, pero, ¿por qué tantas? –Polly se quitó las gafas de sol y la cinta con la que había sujetado su cabello.

Rashid la miró, distraído, mientras ella se ahuecaba el cabello.

–Bahiyaa me lo ha explicado. Es cortesía beber dos tazas, de manera que tu anfitrión pueda sentirse generoso. Pero no tres, porque eso lo expondría a la escasez –comentó ella.

Él sonrió sin dejar de mirarla. Su belleza natural lo atraía como ninguna mujer lo había atraído antes.

–Después de beber la segunda taza la agitas para mostrar que has terminado –siguió diciendo Polly–. La próxima vez, si no me desmayo, estaré preparada.

Él la miró. Era evidente que quería hablar para distraerlo de la enfermedad de su padre.

Polly era una mujer que comprendía la tristeza. Sabía que había que entrar y salir de ella y, en su compañía, Rashid notaba que podía relajarse. Estaba interesado en lo que ella pensaba y decía y le encantaba el modo en que sus ojos cambiaban de azules a casi grises cuando pasaba de contenta a triste.

Y le encantaba su avidez por conocer otra cultura. Sus manos aún mostraban el dibujo de *henna* que su hermana le había aplicado.

—Bahiyaa lo pintó —dijo ella adivinando sus pensamientos—. He disfrutado mucho de la compañía de tu hermana. La echaré de menos.

—Y ella a ti.

—Me gustaría tener una hermana. O un hermano. Seguro que tiene que ser divertido no estar tan sola. ¿Es...?

—Sigue.

—¿Te sientes como si fueras hijo único?

El lazo con Hanif y con Bahiyaa era auténtico. Su madre había sido buena con sus dos hijastros. Los había querido.

Así que no, no se había sentido hijo único.

—Hanif tenía cuatro años cuando la princesa Yasmeen murió. Bahiyaa era un bebé. Ninguno de los dos tiene recuerdos de su madre.

Y habían adoptado a la suya. Habían sido una familia feliz. Una unidad. Ahora le parecía muy obvio, pero había sido una revelación.

—Mi madre fue la única figura materna que tuvieron.

–Así que perderla fue tan difícil para ellos como para ti.

No, eso no era verdad. Aunque había sido doloroso y traumático que su madre se marchara de Amrah, sólo él había sentido que se tenía que arrancar una parte de sí mismo.

–¿La ven ahora ellos?

–Hanif la ha visto alguna vez.

–¿Y Bahiyaa?

–Ella nunca ha salido de Amrah.

–¿Nunca?

–Se casó con Omeir a los diecisiete años.

Diecisiete años, una cadena perpetua... Y él lo sabía.

–Rashid...

–Lo odio.

–No lo hagas.

Polly le agarró la mano, como él le había agarrado la suya momentos antes y, con infinito cuidado, le acarició la palma.

–Mi abuela creía que en la palma de la mano se veía toda tu vida: con quién te casarías, cuántos hijos tendrías, si estarías enfermo, si serías próspero... Y no había nada que pudieras hacer al respecto. Pero yo no creo que tengamos trazado el destino totalmente. En la vida podemos elegir. Y odiar a tu padre no sería una buena elección.

–Lo que él ha hecho ha sido...

–Un error. Tu padre se ha equivocado. Tomó decisiones equivocadas en momentos cruciales de su vida. Y esas decisiones le han hecho daño a otra gente. Te hizo mucho daño, pero se está muriendo,

Rashid. Puedes estar enfadado por cosas que hizo, pero sin olvidarte de las cosas buenas.

Y había cosas buenas. Era eso lo que lo dividía en dos. Era duro admirar a su padre, querer su aprobación y, a la vez, odiar su actitud con Bahiyaa. Y luego darse cuenta de que le había negado su relación con su madre, y que debía de haber quebrantado promesas que seguramente le habría hecho a ella.

—El tiempo con él se está terminando. ¿No puedes ver a tu padre antes de que muera?

—Quizás. Iré si me pide que vaya, pero no puedo ir sin Bahiyaa.

Aparte de Hanif, nunca había hablado de aquello con nadie. Ni siquiera con Bahiyaa, aunque estaba seguro de que ella sospechaba lo que había ocurrido.

—Hace cuatro años, cuando Bahiyaa vino a mí, yo fui a verlo —comenzó a contar.

Era doloroso hablar de ello, pero con Polly era posible. Ella irradiaba calor y comprensión.

—Le conté lo de Bahiyaa.

Le había contado todo con detalle: las heridas en la cara y en el cuerpo, los huesos rotos y el daño psicológico por vivir atemorizada durante diez años. Le había contado que Bahiyaa había sufrido en silencio y había luchado para llevarlo lo mejor posible.

—Mi padre dijo que Bahiyaa había traído deshonor a la familia y que para él estaba muerta. Y desde que la refugié en mi casa yo tampoco fui bienvenido en su hogar.

Ella frunció el ceño.

—¿No lo has visto desde que Bahiyaa se refugió en tu casa, hace cuatro años?

Él asintió.

Polly se echó hacia atrás en su silla y lo miró.

—Eres un hombre excepcional —dijo.

A él lo sorprendieron sus palabras.

—Te dije que Bahiyaa tuvo suerte de tenerte por hermano —añadió Polly—. Pero ahora me doy cuenta de cuánto. Ella debió de sentirse aterrada.

—Todavía lo está. Y lo estará mientras Omeir siga insistiendo en que ella vuelva a casa.

—¿Por qué quiere que vuelva? —Polly agarró su vaso y terminó el zumo de piña.

—Quién sabe. Dice que la ama, pero es un amor muy retorcido. Es posible que sea presión de su familia. No lo sé.

—Ella no puede volver.

—No.

—Yo debería ocuparme de mis asuntos, sobre todo cuando se trata de cosas de las que no sé nada. No me había dado cuenta de lo que significaba que hubieras acogido a Bahiyaa —Polly se quitó la banda elástica de la muñeca y se recogió el pelo en una coleta—. Hace mucho calor. ¿Quieres otra copa?

Rashid agitó la cabeza.

—Yo beberé otro vaso —Polly se marchó un momento y volvió con otro zumo de piña—. Siento que no puedas ver a tu padre antes de que muera, pero creo que tienes razón: Bahiyaa te necesita más. ¿Qué dice el príncipe Hanif de todo esto?

—Muy poco. He convencido a Hanif de que es mejor que no haga nada. Bahiyaa está a salvo conmigo y eso es lo que importa. No se ganaría nada si los dos hiciéramos el mismo sacrificio.

–Debe de ser difícil para él, no obstante.

–Sí.

–Me gustaría que la vida no fuera tan complicada –dijo ella con un suspiro.

Rashid observó una sombra pasar por su rostro y se preguntó en qué estaría pensando ella.

–¡Hace tanto calor! ¿Cómo se las arregla la gente en verano?

–Cerrando las puertas y dando gracias por vivir en la era del aire acondicionado –hizo una seña hacia la puerta del balcón–. Es una opción. Estarías más fresca dentro.

Ella se rió.

–En tiempos de mi tatarabuela no había aire acondicionado. Me pregunto cuánto tiempo le llevó adaptarse a la temperatura.

De pronto sonó su teléfono móvil.

–Soy un desastre con estas cosas. La mitad del tiempo me olvido de encenderlo, y la otra mitad se me olvida dónde lo tengo –dijo Polly.

Desapareció un momento en el interior de la habitación.

–Era Graham –dijo cuando volvió–. Quería saber si iba a comer con ellos. No tengo mucho apetito cuando hace tanto calor.

–En Amrah solemos comer un plato de arroz a mediodía –dijo Rashid, distraído.

El problema de demorar decirle a Polly la verdad era que se sentía deshonesto ahora que ya no desconfiaba de ella.

–¿Polly?

Ella levantó la vista.

–¿Por qué te quedaste en el castillo de Shelton? Sé que amas la casa y que creciste en el castillo, pero, ¿nunca imaginaste algo diferente para ti?

Ella lo miró a los ojos.

–¿Qué harías si fueras totalmente libre para elegir? –preguntó Rashid.

–Son dos preguntas totalmente diferentes.

–¿Y?

–¿Por qué me he quedado? –repitió ella lentamente.

Él asintió.

–Ya te lo conté. Al principio volví porque mi madre estaba luchando para adaptarse a la vida como duquesa de Missenden. Pero en realidad era mucho más complicado.

Rashid esperó, sin estar seguro de que ella le fuera a contar más.

–Es algo que concierne a Anthony, así que tienes que prometerme que no se lo dirás a nadie.

Era una mujer adorable. El duque de Missenden no se merecía semejante lealtad y, sin embargo, la tenía.

–Si algo de esto acaba en la prensa amarilla, sería horrible.

–Jamás traicionaría tu confianza –le aseguró Rashid.

–No. Lo siento. Lo que sucede es que nunca hablo de la familia.

Había dicho «la familia», no «mi familia». Era una distinción que él empezaba a comprender. Nick había tenido razón en cuanto al papel de Polly en Shelton.

–Pero no es justo que yo te haga preguntas sobre tu familia y que no te cuente nada de la mía, así que... –Polly inspiró profundamente–. Para evitar los gastos de herencias después de su muerte, Richard pasó la titularidad del castillo a Anthony cuando se casó con mi madre.

–Suele hacerse eso. Es el único modo de pasar las grandes casas de generación en generación. Una locura, ¿no?

Pero Rashid esperó el «pero».

–Lamentablemente para Shelton, Anthony es un jugador.

Ella lo sabía. Rashid sintió alivio.

–Richard dijo que no lo sabía, pero yo creo que sí. Al menos, lo intuía. Toda la gente de la finca lo sabía. Pero creo que pensamos que Anthony jamás tocaría Shelton.

–¿Y lo hizo?

Polly asintió.

–Oh, sí, es una adicción. En cuanto Richard transfirió la pertenencia, Anthony pidió prestado un montón de dinero contra la casa. Vendió unas cuantas cosas que pensó que nadie notaría –ella intentó sonreír, pero no pudo–. Mi madre se dio cuenta, por supuesto.

Polly miró a lo lejos con tristeza. Rashid pensó en lo difícil que le habría sido a la nueva duquesa acusar al heredero de su marido por la falta de tesoros.

–¿Y tu padrastro no pudo hacer nada?

–Él le había dado Shelton a Anthony. El castillo era suyo. Pero en aquel momento Richard y mi madre estaban viviendo en el castillo todavía –ella se interrumpió, respirando profundamente–. ¿Quieres saber todo esto? ¿De verdad?

–Quiero saber por qué te has quedado en Shelton.

–Oh, bueno, ése es el motivo. Yo había vuelto a casa en verano después de terminar la universidad. Tenía un vago plan de hacer un doctorado, pero, para serte sincera, estaba un poco cansada de estudiar y Richard me pidió que lo ayudase.

Su cara cambió, se suavizó, al pasar por su mente recuerdos más agradables.

–Era un hombre encantador. De la vieja escuela, realmente. Pensaba que era el custodio de Shelton para futuras generaciones y su objetivo había sido pasar el castillo intacto a su heredero.

–Pero éste lo empezó a desmantelar...

–Sí. Comenzó con algunos cuadros menores que Richard había almacenado, con piezas de porcelana, unos pocos relojes... Todo le sirvió para pagar el interés de los préstamos.

–¿Y tu padrastro sabía eso?

–Cuando yo volví a casa ya lo sabía. Anthony estaba bastante asustado, creo. Todo había ido muy rápido y él aceptó que su padre asumiera la administración del día a día del castillo otra vez.

Y en realidad había sido Polly quien se había ocupado de ello, pensó él.

–Nos repartimos los trabajos entre nosotros. Mi madre siguió como ama de llaves, Richard se concentró en la parte económica y yo intenté conseguir dinero de empresas para empezar a arreglar el tejado.

–¿Y lo conseguiste?

–En cierto modo. Shelton es un saco sin fondo, pero era un trabajo interesante y parecía merecer la pena hacerlo –Polly miró a Rashid como si buscase su aprobación–. Pensamos que sería algo temporal. Richard estaba seguro de que Anthony buscaría ayuda...

Y eso no había ocurrido, por supuesto.

–Pero el juego es una adicción y Anthony llevaba mucho tiempo con ese problema. Richard y mi madre se mudaron del castillo a una casa en la finca y eso ayudó a mantener la paz. Anthony y Georgina ocuparon la casa principal...

–¿Y tú?

–Me mudé nuevamente a las dependencias del personal. Mucho mejor. Pero entonces ocurrió el accidente.

–¿Por eso tu madre está en una silla de ruedas?

Ella tragó saliva y dijo con voz un poco ronca:

–Hace tres años, en el mes de mayo, volvían de una fiesta. Richard estaba conduciendo y tuvo un ataque. Su coche se cayó a un dique. Mi madre se rompió la espalda, pero Richard no se enteró. Él tuvo un segundo ataque en las veinticuatro horas siguientes y murió –Polly se pasó la mano por los ojos–. ¡Maldita sea! Lo siento. Odio pensar en ello.

–Y por eso te quedaste.

–Por supuesto. Mientras estaba esperando que mi madre volviera a casa instalé rampas en la planta baja de la casa, puse más bajas las superficies de trabajo, hice un baño en parte del garaje y construí una habitación en la otra parte.

Rashid no necesitaba oír el resto de su historia. Podía imaginársela.

–Construí un apartamento para mí arriba y me mudé de las dependencias del personal. E intenté retomar las cosas que mi madre y mi padrastro habían estado haciendo.

–¿Por qué?

–Eso mismo me pregunta Minty. Dice que Shelton es responsabilidad de Anthony y que tengo que apartarme del castillo –Polly intentó sonreír–. Y es verdad. Pero es duro abandonar Shelton. Mentalmente acepto que tengo que dejarlo, pero no puedo hacerlo. Es como si admitiese el fracaso si lo hago.

–No es un fracaso tuyo.

–Pero sé que sería como fallarle a Richard. Yo sé que querría que yo siguiera mientras me deje Anthony. Y si me voy, ¿adónde iría? Mi madre necesita cuidado. Yo tengo un currículum un poco extraño. No tengo referencias... a no ser que pudiera convencer a Anthony de que redactase unas. Y aun así, ¿quién lo creería? Él es mi hermanastro. No sé si la gente se lo tomaría en serio.

Rashid frunció el ceño.

–¿Quiere Anthony que te quedes?

–No. Él querría vender el castillo, pero no puede hacerlo mientras yo esté allí. Es como si yo le recordase a su padre y lo hiciera sentir culpable.

Rashid se echó atrás en su silla.

–¿Y el criadero Beaufort Stud?

Daba la impresión de que a la única persona a la que haría daño desmantelando Shelton sería a Polly.

–Es propiedad de la familia Lovell, y lo ha sido

durante tres generaciones, pero ahora es realmente el bebé de Georgina. Ella es la esposa de Anthony, la actual duquesa de Missenden.

—¿Te cae bien?

—No la conozco. Pero sé que me considera parte del personal.

—Tal vez fuera mejor que tu hermanastro vendiera el castillo. Entonces su cuidado podría ser confiado a alguien que lo aprecie.

—Eso no sucederá. Anthony sacará más dinero si lo vende poco a poco. Y sospecho que el castillo será dividido en apartamentos. Eso será suficiente para salvar su orgullo.

Tenía razón, pensó Rashid.

Se sintió incómodo. En lugar de quitar a Anthony Lovell algo que valoraba, le permitiría a un hombre débil que renunciara a su responsabilidad por malgastar su herencia.

Tenía que pensar.

—¿Y mi segunda pregunta?

Polly lo miró.

—¿Qué me gustaría hacer? —ella pensó un momento—. No lo sé. Me gusta estar aquí. Me gusta esto.

A él también le gustaba aquello. Estar con ella. Hablar con ella.

—Al final tendré que volver a casa. Mi madre siempre necesitará que la cuide.

—¿Eres dueña de la casa en la que vives?

—Mi madre lo es.

Eso era una buena noticia. Al menos, Anthony no podría venderla.

–Así que ya ves, no tengo mucho tiempo para sueños. No puedo perder un momento –Polly miró su reloj–. Tengo cuatro horas todavía hasta encontrarme con los otros.

–¿Quieres descansar?

–No. Pensaba... ¿Podríamos dar una vuelta por Al-Jalini? ¿O necesitas estar solo? Yo puedo explorar el complejo del hotel sola...

Rashid agitó la cabeza.

–Será un placer mostrarte una parte de mi país.

Era una oportunidad de salvar su conciencia. Él era culpable también de no tener en cuenta los deseos de Polly. Era posible que tuviera más razones que otros, pero tomaría decisiones que la perjudicarían profundamente.

–¿Adónde quieres ir?

–Me da igual. A algún sitio que no esté en el itinerario, por ejemplo.

Aventura. Ella quería aventura. Y conocer la Arabia real.

–Lo organizaré –dijo Rashid poniéndose de pie–. Hay un sitio que me gustaría mostrarte –dijo sonriendo–. Un lugar que creo que te gustará.

CAPÍTULO 9

POLLY dejó ir a Rashid y pensó que no debería haberle pedido salir del hotel. Sonrió, recogió las gafas y se las llevó a su habitación. Ahora se daba cuenta del momento difícil de su visita a Amrah, y de que tenía que cooperar con los planes que tenía Rashid, sin complicar más las cosas.

Pero tal vez fuera bueno también para él hacer algo diferente. Su gesto sombrío se había desvanecido un poco durante su conversación.

Polly se dirigió al tocador y se cepilló el pelo.

Ni se había molestado en ver si habían vaciado su maleta. Ni si habían visto su ropa interior gastada. Tenía cosas más importantes en que pensar. Problemas que la estarían esperando cuando volviera a casa.

Decidió llamar a su madre, lo que no era fácil, porque aunque su madre intentase disimular su preocupación, era imposible no notarla.

Y aquel día no fue una excepción. Su madre se alegró de saber de ella y la tranquilizó diciéndole que la señora Ripley, la persona que iba a ayudarla a acostarse y a levantarse, era una mujer maravillosa. Que había ido a cenar con amigas, y que hablarían de la factura de los fontaneros cuando ella volviera.

Pero Polly colgó con la certeza de que no estaba todo bien. Anthony estaba cada vez más hosco, y solía tomarla con su madre si ella no estaba allí.

Y aquello la hizo sentirse más atrapada que nunca. ¿Cómo iba a poder marcharse? No estaba en su naturaleza abandonar a la gente que la necesitaba, pero su visita a Amrah le había hecho ver que quería más. Quería que su vida fuera otra cosa.

El suave golpe en la puerta la sobresaltó.

No iba a estropear el presente. El tiempo con Rashid valía mucho, porque no lo tendría en el futuro.

Sonrió y abrió la puerta, pero su sonrisa no debió de ser muy convincente, porque Rashid le preguntó enseguida:

–¿Te sientes bien?

–Estoy bien. Acabo de llamar a casa.

–¿Hay problemas?

–Mi madre me ha dicho que no, pero no la creo.

–Polly, si hay algo que te preocupa de Shelton, por favor, cuéntamelo.

Ella se rió. Estaba segura de que Rashid era un hombre que podía mover montañas, pero los problemas del castillo de Shelton estaban más allá de sus posibilidades.

–Creo que ya tienes bastantes problemas como para que yo te agregue los míos –dijo ella.

Polly se dio la vuelta para buscar en los cajones el *lihaf* azul que Bahiyaa había insistido en que llevase.

–Polly...

Ella encontró la prenda y la sacó.

–Tengo que llevarme esto. Hace tanto calor ahí fuera...

Rashid asintió. Tenía expresión sombría. Ella sintió una punzada de emoción y unas ganas compulsivas de alisar las líneas de preocupación de su frente, de extender la mano y agarrar su rostro entre sus manos y besarlo.

Él debía de estar presionado por todos lados, pensó ella. Eso la ayudaba a ver sus propios problemas en perspectiva. El futuro del reino era más importante que una casa, aunque ésta fuera muy hermosa.

–¿Estás seguro de que quieres hacer esto? –preguntó ella.

–Por supuesto.

–¿De verdad?

–Me gustaría pasar tiempo contigo –afirmó él.

Rashid extendió una mano hacia Polly y ella le dio la suya.

–¿Adónde vamos?

–Ya lo verás.

Ella sintió excitación.

–¿Vamos a caminar?

Rashid sonrió.

–Ya lo verás.

No le iba a decir dónde iban, pero a ella le daba igual. Estaba atesorando recuerdos para cuando no tuviera a Rashid.

Rashid la acompañó hasta los ascensores de cristal y, antes de que se abrieran las puertas, soltó su mano y la apoyó suavemente en su espalda.

Aquel gesto la hizo sentirse protegida, cuidada.

Y la mirada de Rashid hizo que se sintiera deseable. Hacía mucho tiempo que no sentía aquello.

Rashid no la volvió a tocar, pero ella sentía la energía que latía entre ellos. Era intensa, daba miedo y era maravillosa a la vez. Lo deseaba con una pasión que la sorprendía.

Ella nunca había sido promiscua. Jamás había comprendido a las mujeres que se acostaban con hombres por diversión.

Pero Rashid era una enorme tentación. Era mucho más que eso: lo amaba.

¿Sobreviviría a su marcha?

Las puertas del ascensor se abrieron y Polly se quedó inmóvil cuando un hombre dio un paso adelante y dijo:

–Todo está listo, alteza.

Rashid habló en árabe. Luego volvió a dirigirse a ella.

–El helicóptero nos está esperando.

–¿Vamos a ir en helicóptero?

–Sí, por supuesto.

En su mundo era otro medio de transporte. Él era un príncipe, vivía en un palacio... Pero aquel día era suyo. Ella no iba a pensar en nada más que en aquel momento.

–Tengo unas pocas horas antes de encontrarme con los muchachos en el vestíbulo.

–No llegarás tarde.

–¿Rashid?

Él se rió.

–Paciencia –dijo.

Polly se quedó callada un momento.

–¿Vamos sólo nosotros? –preguntó cuando vio que el personal se disponía a marcharse.

Rashid la miró.

–Estaremos seguros adonde vamos. ¿Tienes miedo?

No tenía miedo por la inseguridad, sino por cómo reaccionaba ante él. No se reconocía.

–No debes tener miedo.

–Supongo que no. No vamos a ir adonde se espera que vayamos. Eso tiene que ser más seguro que seguir un itinerario planeado.

Él sonrió y Polly se acomodó en su asiento.

Aquél era un día mágico para ella. Y lo disfrutaría al máximo.

Todavía no sabía adónde iban.

Después de unos minutos no pudo resistir preguntarle otra vez.

–Es muy difícil darte una sorpresa –dijo él mientras pilotaba el helicóptero a lo largo de la línea de la costa.

Polly sonrió.

–No estoy acostumbrada a ello.

El armonioso conjunto de casas de Al-Jalini dio paso a otras casas. Pero... ¿eran realmente casas?, se preguntó ella.

–¿Qué son esos edificios?

Rashid no necesitó mirarlos.

–Casas. Eran adosados en principio, pero la gente improvisa con lo que tiene.

Polly no había visto aquello en Samaah, que era una vibrante y rica ciudad. El palacio de Rashid era pura fantasía. Pero aquello era pobre.

–Los cambios llevan tiempo, y la gente se resiste a cambiar. Mi padre insistió en que se construyeran casas al alcance de la gente en las afueras de Al-Jalini, pero muchos han preferido quedarse en su propia comunidad –Rashid dirigió el helicóptero tierra adentro.

–¿Cuánto falta?

Rashid sonrió y no contestó. Simplemente descendió con el helicóptero en una llanura cerca de la ladera de una colina.

–¿Es aquí? –Polly se incorporó y miró por la ventanilla, sorprendida.

Rashid se rió.

–No hay nada aquí –dijo Polly.

–Mira bien.

Vio algunos árboles a un lado de la ladera polvorienta de una colina. Era un lugar desolado.

Rashid bajó y la ayudó a salir del helicóptero.

–Salta –le dijo él.

Ella dudó.

–Ven.

Polly saltó. Él la ayudó rodeándole la cintura. Y ella sintió el roce de su torso. Hasta oyó el latido de su corazón.

El momento pareció durar una eternidad. Rashid le acarició la mejilla y ella sintió la tibieza de su mano.

Polly se quedó inmóvil, y él la besó.

Aquel beso fue diferente. Aquella vez Polly sabía que lo amaba y eso cambiaba las cosas. Polly cerró los ojos y saboreó sus labios antes incluso de tocarlos.

Fue tan sensual... Su tacto fue casi una reverencia.

Polly sintió que perdía el miedo. Deseaba aquello. Quería que él recordase aquel momento. Que la recordase a ella.

Sus labios se abrieron, Rashid le sujetó la cabeza suavemente por la nuca y la besó más insistentemente.

Era tibia, suave, sexy.

Ella sintió que se derretía.

La lengua de Rashid trazó hábilmente el contorno de su labio inferior y Polly se aferró a él con pasión. Sintió una intensa sensación. Y de pronto comprendió lo que había llevado a Elizabeth a dejar a su familia.

Aquello. Era aquello.

El deseo de aquello y su descubrimiento. Era peligroso, intenso...

Rashid observó su reacción. Con la mano derecha le quitó la banda elástica del cabello y admiró cómo éste caía suavemente.

Polly lo amaba.

La lengua de Rashid penetró su boca y ella se estremeció. Él le sujetó la cara con las manos; la tenía prisionera de su beso.

–Polly... –la abrazó fuertemente y apoyó su frente en la de ella–. Ardo por ti... No quiero... No tengo derecho a seducirte.

–Yo también te he besado –susurró ella.

–Polly, yo... Ahora, no. Esto no puede suceder.

Él tenía razón. No podía hacerle el amor en una seca y polvorienta ladera de una colina, pero el sentido de rechazo era intenso. Ella lo deseaba y estaba dispuesta a entregarse a él.

Pero Rashid se había echado atrás.

–Esta tarde se suponía que era para ti. Ojalá... –Rashid se pasó la mano nerviosamente por la cara–. Quiero que tengas recuerdos bonitos.

Ella también lo deseaba.

–Polly, yo... –siguió diciendo él.

–¡No! –Polly no quería oír ninguna explicación–. Lo comprendo.

–Polly...

–No, de verdad. Está bien –se alejó de él a propósito y se quedó mirando el lugar desolado.

Rashid se acercó a ella.

–Ésta zona hace siglos era un importante centro de producción de incienso –le explicó.

–¿Y de dónde viene el incienso ahora?

–De aquí. Ésta era una ciudad muy importante, que quedó sepultada. El lugar cambió, pero los árboles siguen aquí. Sin embargo, su valor comercial ha cambiado. Ya no se valora como el oro, como antes. Hace mucho tiempo los hombres hacían su fortuna cambiándolo por especias de India y las caravanas lo llevaban por todo el continente.

–No sabía que salía de los árboles.

–Cuando era niño pensaba que era mágico –él parecía perdido en sus pensamientos.

Su padre se estaba muriendo.

Polly se sintió culpable inmediatamente. De pronto extendió la mano y agarró la suya.

–Gracias por mostrarme esto –dijo.

–Hay otro sitio que quiero enseñarte.

–¿El qué?

–Ya verás. Ven, hay mucho tiempo todavía.

–¿Puedes aterrizar en cualquier sitio? –preguntó ella acercándose al helicóptero.

–Eso depende de la habilidad del piloto.

–¿Y tú puedes?

–Mejor que sea así.

Ella subió al helicóptero y se sentó.

¿Sería posible enamorarse tanto y tan rápidamente? ¿O aquello era sólo una ilusión?

Lo miró. Sólo sabía que daría cualquier cosa por estar con él, si Rashid se lo pedía. Podría amar aquel lugar, aquel país...

–¿Y no intentó nadie encontrar la ciudad? –preguntó Polly.

–Arqueólogos, aventureros –Rashid la miró y sonrió–. Tu tatarabuela. Pero nadie ha conseguido aportar pruebas irrefutables. Amrah es un país con secretos.

Una tierra mística, pensó Polly.

Por la ventanilla vio que la tierra rocosa daba lugar a arena, y algo más lejos, al desierto.

–¿Es el desierto de Atiq? –preguntó Polly mirando a Rashid.

Él asintió y ella se excitó.

–No donde piensas filmar, sino mi casa. El lugar al que vuelvo.

El desierto de Atiq se extendía interminablemente. No era como ella lo había imaginado. Era un paisaje con restos volcánicos que contrastaban con el dorado de la arena.

–Es increíble... Hay gente...

–Beduinos. «Los conquistadores van y vienen, pero sólo el beduino permanece» –citó Rashid.

–¡Camellos, Rashid!

Rashid habría querido observar su cara, pero tenía que concentrarse en el aterrizaje. Su entusiasmo era contagioso. No sabía si la experiencia real decepcionaría los sueños de Polly, pero él quería que conociera el verdadero desierto.

Si la decepcionaba, sería más fácil verla partir.

Y ella partiría. A una vida que él estaba desmantelando. Khalid ya habría actuado de acuerdo a sus instrucciones. Se preguntaba si ese mismo día la madre de Polly le habría dicho algo por teléfono, y por eso habría estado llorando.

Ella había estado llorando, estaba casi seguro. Y él sentía su pena. Por lo que iba a hacerle a un lugar que Polly amaba tanto.

Si ella lo hubiera sabido, ¿se habría estremecido en sus brazos? Las palabras de Bahiyaa resonaban en su mente: «No creo que Polly pueda perdonarte eso, Rashid».

–¿Han venido a nuestro encuentro? –preguntó Polly al ver que unos hombres se acercaban al aparato.

Rashid aterrizó con las mínimas turbulencias de arena.

–Tú querías montar a camello –sonrió él.

–¿Has organizado esto? ¿Cómo? ¿Cómo lo has hecho en tan poco tiempo?

–Soy un príncipe –bromeó él–. Y nosotros, los príncipes del desierto, tenemos un método milenario para comunicarnos con los nuestros.

Polly sonrió con los ojos.

–Usaste el móvil.

–Hasta los beduinos tienen teléfonos móviles en estos tiempos –le confirmó Rashid.

Ella era adictiva, pensó. Si hubiera podido, habría hecho mucho más que aquello por Polly. Le habría querido dar cualquier sueño que tuviera.

Cualquier cosa que no tocase su honor.

Cualquier cosa menos Shelton.

–¡Esto es increíble! ¿Y Elizabeth estuvo aquí?

–Con el rey Mahmoud, sin duda alguna. Ésta es su tribu. Su gente.

–¿Estoy vestida adecuadamente? –preguntó Polly de repente, arreglándose el *lihaf*.

–Eres hermosa. Y estás conmigo. Estos hombres son mis amigos, mi gente.

Sus hermosos ojos lo miraron.

–Y van a pensar que estás vestida muy adecuadamente –añadió.

Polly sonrió. El azul del *lihaf* resaltaba el color de zafiro de sus ojos. Era más que hermosa, y él sintió una punzada de orgullo al pensar que aquellos hombres pensarían que era suya.

Suya... Una palabra posesiva que le sonaba muy bien.

Kareem, el hombre que lo había sentado por primera vez encima de un camello, fue a saludarlos.

Rashid se acercó a ella y le dijo:

–No hablan inglés.

El hombre los saludó en árabe.

–*Ahlan wa-sahlan. As-salaam alaykum.*

–*Wa alaykum as-salaam* –contestó Polly formal-

mente. Miró a Rashid y agregó–: ¿Qué tal lo he hecho?

Su pronunciación necesitaba mejorar, pero era
impresionante. Y ella era una extranjera. Nadie habría esperado aquello. Ni siquiera él lo había esperado. Pero Polly era una continua sorpresa.

Rashid preguntó por la salud de todo el mundo,
algo muy importante entre ellos.

Polly miró el camello y luego dirigió sus ojos a
Rashid.

–¿Estás lista?

–¿Para qué?

–Para montar en camello.

Ésa había sido su fantasía, pero ahora que se trans-
formaba en algo real...

Polly señaló el camello, esperando que el len-
guaje corporal expresara lo que quería decir.

Kareem asintió, poniéndose al lado de un camello blanco.

–Ashid –dijo.

–¿Ashid? –repitió Polly, mirando a Rashid.

–El nombre de tu camello –agregó Rashid.

Kareem hizo un ruido y ella se sintió confusa.

–Le está pidiendo al camello que se siente –aclaró Rashid.

Después de un momento, Ashid se sentó, arrodi-
llándose.

Aquello no podía ser más difícil que montar un
caballo, se dijo Polly.

Dejó que Rashid la ayudase.

–Pon los pies hacia atrás y sujétate con las rodi-
llas.

Cuando Rashid apenas había terminado de hablar, Kareem le dio instrucciones a Ashid y éste se levantó. Polly se alegró de que otro hombre sujetase al camello con una cuerda.

De pronto Rashid montó su propio camello. El calor era sofocante, pero pronto ella tuvo que concentrarse en adaptarse a los movimientos del animal.

Una vez acostumbrada al bamboleo, era razonablemente cómodo. Pero el calor era cada vez peor. Minty era muy razonable al insistir en que filmaran en los meses más frescos.

Pero no obstante disfrutó de cada minuto de su paseo en camello.

Miró a Rashid y le sonrió. Estaba tan feliz que quería reír.

Su príncipe del desierto parecía haber nacido para montar en camello. Y, en cierto modo, era así.

–¿Y? ¿Tenía razón Bahiyaa? ¿Crees que el montar en camello debería ser sólo para hombres? –preguntó Rashid cuando ella bajó de Ashid con poca elegancia.

–Creo que todavía no puedo opinar –sus piernas estaban un poco flojas.

–Lo has hecho muy bien.

–¿Estás sorprendido? –se rió ella.

–No tanto como creí que estaría. Ahora comeremos algo y descansaremos antes de volver a Al-Jalini.

Polly se sentó agradecida bajo la sombra de un árbol.

–¿Es una acacia?

Él asintió, quitó la manta que tenía el camello en su lomo y la extendió para que ella se sentase.

Polly observó a los camelleros atar las patas delanteras de los animales.

—¿No les hace daño eso? —preguntó a Rashid.

—No, sólo es posible que les moleste. Hay un dicho entre los beduinos que dice que no te fíes nunca de un camello. No hay que arriesgarse. Perder tu camello aquí sería como sufrir un naufragio.

El desierto de Atiq la fascinaba. Rashid había dicho que aquélla era su casa, y realmente lo era, puesto que se lo veía más relajado que nunca debajo de aquel árbol. Su palacio era muy lujoso, pero ligado a él había demasiadas obligaciones.

Allí había espacio simplemente. Era como sentarse en medio de la historia. El lugar de nacimiento de tres religiones del mundo. Su preocupación por Shelton y su futuro de pronto le pareció sin importancia.

Polly notó que Rashid la estaba mirando.

—Éste es el lugar más increíble que jamás he visto —dijo ella.

Él sonrió.

—¿Qué está haciendo? —preguntó Polly mirando a Kareem.

—Preparando té.

El camellero sirvió el té en varios vasos.

—El agua es muy preciada aquí, y se la trata como un líquido valioso.

Rashid la observó cuando probó el té.

—*Shukran* —murmuró ella a Kareem cuando éste recibió su vaso por segunda vez.

Era un poco más dulce que el té normal.

Polly sintió una paz impresionante. En parte era por Rashid, y en parte por el increíble privilegio de estar en aquel lugar mágico que él amaba tanto.

Y se sintió realmente feliz.

El hombre más alto, el que había guiado a Ashid, extendió una masa que parecía pizza, y todos comieron de ella. Era todo muy surrealista. Era una comida muy sencilla. Polly no entendía lo que los hombres decían, pero le encantaba oír sus risas y ver su actitud de camaradería.

—Es hora de volver —dijo Rashid.

Polly sintió cierta decepción.

—Me gustaría... Espero poder volver aquí algún día —ella sonrió—. Gracias —agregó, con ganas de llorar.

Rashid le agarró la barbilla.

—Pollyanna Anderson, eres una mujer muy especial —afirmó Rashid mirándola a los ojos.

No era una declaración de amor, no en un sentido convencional, pero a ella le sonó a eso.

CAPÍTULO 10

EL VUELO de regreso al hotel fue muy rápido. Al-Jalini, aunque era una ciudad hermosa, no tenía el encanto del desierto, y los jardines del hotel eran bastante artificiales.

Polly se sentía como si hubiera dejado una parte suya detrás. Miró el reloj.

–Debería ducharme antes de encontrarme con los muchachos –dijo–. Luego saldremos para el zoco. Según el doctor Wriggley, es uno de los más antiguos de Amrah.

Rashid asintió.

–Pasarás por el mismo arco por el que pasó Elizabeth.

–¿Estarás tú allí?

–No hace falta –respondió–. Tendrás agentes de seguridad contigo.

–¿Qué vas a hacer?

–Trabajar.

Su respuesta, un tanto seca, la puso a distancia. Sabía que él había perdido mucho tiempo con el equipo de filmación para proveerles seguridad, y que luego se había tomado tiempo con ella. Pero...

Era como si el peso del mundo hubiera caído encima de ellos.

–¿Cuándo volverás a hablar con el príncipe Hanif?

–Esta noche.

Rashid aterrizó en el helipuerto del hotel. En pocos segundos se abrió la puerta del vehículo y unos hombres del hotel fueron a ayudarla a bajar.

–¿Dónde has estado? –le preguntó Graham yendo hacia ella.

Polly se sintió reacia a decírselo.

–Hemos volado al desierto de Atiq –dijo.

Rashid se acercó y comentó:

–Os dejo.

Polly no podía decir nada, y menos con Graham cerca. Y quizás fuera lo mejor. De todos modos, ¿qué podía decir?

Ella quería tocarlo, abrazarlo. Borrar su pena. Hacerlo suyo.

Rashid se quedó inmóvil. El hombre al que había besado se había desvanecido totalmente.

–Graham –Rashid se volvió hacia el otro hombre–. Os veré más tarde esta noche, quizás.

Cuando Steve decidió que habían filmado suficientemente aquel día, Polly estaba agotada. Había caminado de un lado a otro del zoco, pero su mente había estado en otro sitio.

Había estado con Rashid, preguntándose si habría tenido noticias de su padre, y si habría hablado con Bahiyaa.

–¿Una copa? –preguntó John mientras caminaban hacia el vestíbulo–. ¿O comemos algo primero?

–¿Y qué pasa con el príncipe? ¿Qué tal si lo llamamos y lo invitamos? –Baz miró hacia la recepción del hotel–. ¿Qué os parece?

–Hazlo –dijo John–. Nosotros esperaremos en el bar. Ven a buscarnos.

Polly fue con el resto del equipo al bar más grande del hotel. Echaba de menos la quietud del desierto. Quería estar con Rashid. Había una mínima posibilidad de que se uniera a ellos, pero lo dudaba.

Polly se sentó con su zumo de piña mirando la entrada del bar por si volvía Baz. El hombre entró agitando la cabeza.

–No. No he podido hablar con el jeque Rashid. He hablado con su ayudante, el de Samaah, que vino hace una hora o algo así. Pienso que el padre del jeque puede haber muerto.

–¿Te lo ha dicho? –preguntó ella.

–No, no ha dicho nada. Por eso pienso que puede haber habido malas noticias. Él no tendría que estar aquí, ¿no?

Pete empujó una cerveza en dirección a Baz.

–¿Qué significa eso para nosotros?

–Nos tendremos que ir de aquí, ¿no? No creo que Minty nos tenga aquí si el país puede tener cierta inestabilidad.

Hubo rumores.

–A Minty no le gustan los cambios de itinerario. Así que pienso que nos iremos.

Polly dejó su zumo y se marchó. Baz tenía razón al pensar que la llegada de Karim Al Rahhbi al hotel era una mala señal.

No sabía qué iba a hacer. Sólo sabía que no podía estar allí sentada hablando de tonterías cuando Rashid podía necesitarla.

No tenía motivos para pensarlo, pero sospechaba que él le había contado cosas sobre su familia que no le había contado a nadie. Ella sabía cómo se sentía realmente.

Polly dudó frente a la recepción, al pensar en preguntar por Rashid. Luego se dirigió a los ascensores de cristal. Vagamente recordó que los muchachos habían dicho algo así como que Rashid estaba en el ático del hotel.

Era muy probable, y lo más seguro era que no le dieran esa información en la recepción del hotel. Era mejor ir y ver.

Cuando llegó a la planta séptima se dio cuenta de que podía ser más complicado de lo que le había parecido al principio. No podía entrar en una suite y exigir verlo.

Era idiota. Karim Al Rahhbi, el ayudante de Rashid, estaría allí. Tendría personal de seguridad. No estaría solo.

Pero igualmente podía necesitarla.

Llamó al hotel desde su móvil.

—Hola, soy la señorita Pollyanna Anderson de la habitación siete del quinto piso. ¿Puede ponerme con la suite de su alteza el príncipe Rashid bin Khalid bin Abdullah Al Baha, por favor?

Al cabo de unos segundos, una voz la sorprendió en el teléfono.

—Señorita Anderson, soy Karim Al Rahhbi. El príncipe está descansando.

—Sí, lo sé. Pregúntele si quiere hablar conmigo.

Karim pareció dudar. Luego dijo:

—Lo haré. Un momento, señorita Anderson. No se retire.

Polly se dio cuenta de cuánto se había arriesgado suponiendo que él podría querer verla. Lo último que quería hacer era complicar más a Rashid y tampoco quería ponerse en una situación embarazosa ella misma.

La verdad era que necesitaba estar allí porque lo amaba. No podía soportar saber que lo estaba pasando mal y no acompañarlo. Pero eso no quería decir que él sintiera lo mismo.

—¿Polly?

Su corazón se sobresaltó al oír su voz.

—¿Hay novedades? Pensamos...

—Mi padre ha muerto.

—Oh, Rashid. ¡Cuánto lo siento!

Entonces, aquello era el fin de muchas cosas, pensó.

En la mente de Polly se agolparon numerosas ideas. Pensó en Bahiyaa. En Rashid. En lo que significaría para Amrah. Y pensó en Minty y pensó que volverían al día siguiente al Reino Unido.

Era posible que volvieran más adelante a Amrah a terminar de hacer el programa, pero eso sólo sucedería si había estabilidad política. No habría necesidad de ver a Rashid después de aquel día. Sus vidas se separarían irremediablemente, como siempre había sabido que sucedería.

Lo vería quizás en el futuro. En Shelton, tal vez, rodeado de bellas mujeres. O tal vez sólo pudiera ver una foto suya en una revista.

–¿Dónde estás? –preguntó Rashid.

–Estoy fuera –fue tentador mentir.

–¿Fuera?

–De tu suite –aclaró–. En el piso siete. Al lado de los ascensores.

Aquello era un suicidio emocional. Si Rashid no se había dado cuenta de que ella se había enamorado de él, se lo imaginaría en aquel momento.

Y entonces lo vio, al otro lado del corredor, con el teléfono en el oído.

–Polly.

–Hola –ella se apartó el teléfono de la oreja y colgó.

–Quería saber qué había pasado. ¿Fue tranquilo el fin?

–Creo que sí. Casi no lo sé. Yo... –se pasó la mano por los ojos–. Entra.

Ella habría corrido hacia él, pero intentó controlarse.

Tenía pánico de que la rechazara, de no haber interpretado bien lo que había entre ellos.

Él la hizo pasar.

Karim se puso de pie y la saludó.

–Por favor, déjanos a solas un momento –le pidió Rashid a su ayudante–. Te mandaré llamar en cuanto la señorita Anderson se haya marchado.

Ella se marcharía pronto. Sus esperanzas se desvanecieron.

Cuando se cerró la puerta, ella le preguntó mirándolo a los ojos:

–¿He roto alguna regla viniendo aquí?

Rashid agitó la cabeza.

–Karim sabe que tengo algo que decirte. Tengo que hacerlo antes de que te vayas.

–¿Voy a marcharme?

Un brillo pasó por los ojos de Rashid. Por un momento Polly se alegró de ver alguna expresión. Luego sintió temor. Ella se marchaba. Él se lo había dicho.

–En las próximas dos horas. Karim lo ha organizado todo.

Polly se sentó en una silla. Aquello seguramente debía de romper alguna norma de etiqueta. Pero ella no estaba segura de que sus piernas le respondieran.

–He hablado con tu amiga, la señorita Woodville-Brown, y ella no ve razones para demorar tu partida.

–¿Hay peligro? –preguntó Polly.

–Hay un significativo riesgo de un incidente terrorista.

–Yo...

–Mi abuelo ha sufrido un shock y todavía tiene que nombrar su sucesor. Tiene tres días –Rashid se acercó a la ventana y cerró las cortinas–. Los que se oponen a que Hanif sea sucesor tendrán que actuar rápidamente. Y lo harán. Todas las embajadas estarán en alerta en este período, enviarán de vuelta a todo el personal que no sea esencial. Si Dios quiere, durará poco.

–Lo siento mucho. ¿Qué vas a hacer?

–En cuanto sepa que tú estás a salvo, regresaré a Samaah.

–¿A estar con Bahiyaa?

–Tienen que verme en la ciudad. Mi presencia

allí infundirá confianza, minimizará las consecuencias negativas de los próximos días.

Él podría ser asesinado incluso, pensó Polly.

—Ras...

—Polly —la interrumpió—. Hay algo que quiero decirte, algo que descubrirás tan pronto como vuelvas a casa.

Ella tragó saliva.

—Cuando fui a Shelton...

Polly asintió, animándolo a seguir.

—Lo hice porque deseaba ver a tu hermano, hermanastro, quiero decir.

—¿Por Golden Mile?

—¿Lo sabías?

Polly se encogió al oír su tono irritado.

—No. Pero Henry, el mayordomo de Anthony, me dijo que tú eras el secreto comprador de Golden Mile. Y sabía que tú estabas enfadado, nada más.

—¿Sabes por qué?

Ella negó con la cabeza. Todo había terminado. Lo que ella quería era un lugar donde pudiera lamerse las heridas a solas.

Pero tendría que aguantar un largo vuelo de regreso a casa.

—Sólo sé que Anthony no es un hombre con quien se pueda hacer negocios. Tiene lógica que alguien que ha hecho un negocio con él esté enfadado —consiguió decir.

—Tienes razón.

Polly levantó la mirada y vio la rabia de Rashid, que desapareció en un momento. Anthony se había creado un poderoso enemigo.

Rashid pareció prepararse para decir lo que iba a decir.

–Cuando di el permiso para este documental, lo hice contra mi mejor juicio.

–Lo sé. Me mostraste el docum...

–No, Polly. Sí, el documental fue un factor, pero... Pensé que podías estar involucrada.

–¿En qué? –preguntó ella.

–Golden Mile ha sido vendido como semental y es estéril –él hizo una pausa para darle tiempo a ella a procesar lo que significaba aquello–. La transacción se hizo con las garantías de costumbre, las pruebas de siempre: análisis de sangre, radiografías, control de movimientos y esperma...

–¿Qué pensabas que estaba haciendo yo aquí? –preguntó ella, con más dolor del que había imaginado que le tocaría experimentar.

Pero no necesitaba su respuesta. Todas aquellas conversaciones, el interés que él había mostrado en hablar con ella, sobre Shelton, sobre su vida... Todo tenía una nueva perspectiva ahora. ¡Qué tonta había sido!

–Pensé que podías haber venido a desacreditar a Amrah. A desacreditarme a mí. Para encontrar algo que pudiera mantenerme en silencio, y extorsionarme. No estaba seguro...

Ella sintió un gran dolor. Había sido una tonta, una auténtica estúpida.

–¿Y para qué iba a hacer eso?

–Porque amas Shelton. Y yo voy a quedármelo.

Ella no comprendía.

–Pero si Anthony ha cometido algún delito...

–Le ofrecí la opción de devolverme el dinero. Pero mis propios hombres me traicionaron. Aceptaron sobornos.

–Él no tiene dinero. Los cuadros más valiosos fueron vendidos hace meses a coleccionistas privados. Sólo tenemos copias. No hay nada...

–Él tiene Shelton.

Entonces Polly lo comprendió.

Ella había esperado el momento en que todo estuviera perdido, pero nunca había imaginado que las palabras vinieran del hombre que amaba.

Unas lágrimas cayeron por sus mejillas.

Rashid no había sentido nada por ella. Le había hecho creer que era importante para él, había hecho que se sintiera especial. La había besado como si la amara, con una pasión tan intensa como la de ella...

Y habían sido todo mentiras.

–Polly, si hubiera otro modo de...

–¿Dejarías que Anthony se quedase con el castillo?

No lo creía ni por un momento. Rashid era un enemigo implacable y aquello tocaba su honor. Lo comprendía.

–No, no puedo hacer eso. Pero no quiero que esto te haga daño a ti ni a tu madre. Haré que tu madre...

Ella lo interrumpió. No quería que Rashid sintiera pena por ellas, por ella. No quería perder su orgullo.

–Creo que ya tienes bastantes cosas en que pensar en este momento. Ya saldremos adelante nosotras solas.

–¡Polly!

Polly se puso de pie.

–Ha sido todo una mentira, ¿verdad? –preguntó ella en un susurro–. Tú. Yo. Hoy –terminó de decir con voz quebrada al recordar el tiempo que habían pasado en el desierto.

–No, yo...

–¡No! ¡Por favor, no digas nada!

No quería oír más mentiras. No quería que le dijera cuánto había disfrutado de su compañía. Lo cierto era que él no la amaba. Nada más importaba.

–Si voy a volar esta noche a Inglaterra, será mejor que prepare mis cosas.

–Polly...

–¡No! –Polly se puso de pie–. Basta. Haz lo que tengas que hacer. Y yo me ocuparé de mis problemas.

Polly se marchó de la habitación. Karim la miró al verla pasar.

–Señorita Anderson, permítame –Karim se acercó a ella y apretó el botón del ascensor.

–Gracias.

–Ya he hecho los arreglos necesarios para que un helicóptero los lleve a usted y a sus compañeros al aeropuerto.

–*Shukran*. Gracias.

Tal vez fuera la última vez que usara aquellas palabras, porque no creía que volviera a Amrah. Minty tendría que buscar a otra persona para que la reemplazara.

–*Afwan*. La acompañaré yo mismo –dijo Karim.

Polly asintió en el momento en que se cerraron las puertas del ascensor.

–Polly, tienes que sentarte. Tranquilízate –su madre tenía una caja de cubertería en su regazo–. Faltan dos meses todavía para la subasta.

–Quiero hacer esto de una vez por todas –dijo Polly.

–Querida, Richard lo habría comprendido. Nada de esto es culpa tuya.

Polly se pasó una mano por la mejilla. Ella lo sabía. No era eso lo que la estaba carcomiendo por dentro. Los dos meses desde que se había marchado de Amrah habían pasado tan lentamente y habían estado tan llenos de decisiones difíciles...

Las copias de los cuadros habían desaparecido. El Rembrandt lo había llevado a su casa y estaba en la pared de su dormitorio. El personal había empezado a marcharse. Los tasadores de Sotheby's iban a ir la semana siguiente para empezar la valoración de las cosas y faltaba sólo la palabra de Anthony antes de que el castillo se pusiera a la venta. Aunque él no tenía ninguna intención de estar en el país cuando lo diera al nuevo dueño.

Polly subió los escalones con dos cuencos de cobre.

–Supongo que esto valdrá algo –Polly oyó pasos por detrás de ella–. Henry, ¿has...?

–Su alteza el príncipe Rashid bin Khalid bin Abdullah Al Baha… –dijo Henry.

Polly se dio la vuelta y casi se cayó de los escalones. Se quedó de pie, mirando tontamente a Rashid, tan atractivo con aquel traje de lino de color caramelo.

Su madre giró la silla de ruedas.

–He oído hablar mucho de usted. Puesto que estoy segura de que sabe que mi hijastro se marchó del castillo hace semanas, imagino que ha venido a hablar con mi hija. Henry –dijo la mujer levantando la caja de cubiertos–. Pon esto en la mesa y luego llévame a tomar una taza de té en la habitación del ama de llaves.

Polly no consiguió pronunciar ninguna palabra.

Su madre simplemente sonrió y miró a Rashid y al mayordomo de Shelton.

–Necesito un descanso. Polly me agota –dijo la condesa.

–¿Has venido aquí a ver a Anthony? Me temo que no está aquí. Él... –empezó a decirle Polly a Rashid.

–No. He venido a verte a ti.

Ella terminó de bajar los escalones y dejó los cuencos de cobre en la mesa central de la cocina. Luego se limpió las manos de polvo en sus vaqueros.

–Íbamos a abrir estas viejas cocinas al público en algún momento del año que viene. No sé...

–Polly...

–Anthony se había ido ya cuando llegué a casa –Polly se quitó el clip del cabello y se lo dejó suelto–. Estoy haciendo lo que puedo para juntar tu dinero, pero lleva tiempo. He hablado con Karim acerca de ello y...

–Sí, lo sé –Rashid dio un paso adelante y le agarró las manos–. Polly, escúchame, tengo algo que decirte.

Ella quitó las manos.

–No quiero escucharte. Lo siento –Polly lo miró–. Sé que nada de esto es culpa tuya. Es de Anthony. Lo sé. Yo...

–Pero tú estás sufriendo las consecuencias.

–Estoy arreglando un poco el lío –ella tomó aliento e intentó cambiar de tema–. El príncipe Hanif ha sido nombrado sucesor de tu padre. Debes de estar contento...

–Sí.

Rashid no dejó de mirarla y ella sintió la necesidad de seguir hablando.

–Y todo el mundo parece haberlo aceptado. De hecho, Minty me ha dicho...

–Polly, quiero mostrarte algo –Rashid le dio un sobre.

Ella lo miró.

–¿Qué...?

–Por favor, léelo –un músculo se movió en la mejilla de Rashid.

Estaba nervioso, inseguro de la reacción de ella.

Polly miró el sobre y luego sacó el documento oficial que había dentro.

Él había comprado Shelton. Pero había más. Mucho más.

Polly sintió ganas de llorar. Se le hizo un nudo en la garganta.

–¿Lo has entregado? Yo no...

–He puesto un fideicomiso sin ánimo de lucro para

garantizar el futuro de Shelton. Puedo parar esto si crees que está mal –dijo él rápidamente–. Llevará tiempo, pero de este modo Anthony y todos los futuros duques de Missenden tendrán el derecho a vivir en un apartamento en el castillo. Sé que no es lo mismo...

Era todavía mejor. Shelton estaría a salvo. La administración del castillo estaría en manos de la gente que lo amaba y que sabía cómo protegerlo. Pero...

No tenía sentido.

Rashid le permitía a Anthony el uso de un apartamento dentro de su ancestral hogar sin pagar nada. Y a los futuros duques de Missenden también. Siempre que no se cortase la línea de descendencia. Y había invertido un montón de dinero para empezar los trabajos de conservación y restauración.

¿Por qué?

–¿Por qué haces esto por Anthony? –le preguntó Polly.

–Por Anthony no. Quiero hacer esto por ti –dijo él serenamente.

–Pero el dinero que te gastaste en Golden Mile jamás lo...

–El dinero nunca fue importante –dijo Rashid–. Lo indignante es que a Anthony se le permita sacar beneficios hasta con actos fraudulentos.

–Él saca beneficios de esto. Todavía puede vivir en el castillo. Él...

–Y su hijo puede hacerlo, y su nieto. ¿No es eso lo que te importa a ti? ¿Lo que le importaba a tu fallecido padrastro?

Polly asintió, las lágrimas amenazaban con brotarle de los ojos.

–Y yo he descubierto que lo que de verdad me importa, más allá de todo, eres tú –dijo Rashid.

Polly se quedó boquiabierta.

–Te he hecho daño, y lo siento.

Ella agitó la cabeza, pero él siguió hablando.

–Te he hecho daño cuando lo que quiero es hacerte feliz. Mantenerte a salvo. Llenar tu vida de aventura. Polly, te amo.

Una intensa emoción fluyó por su interior al escuchar esas palabras.

Y no importó que ella estuviera en una polvorienta cocina victoriana, que estuviera vestida con unos viejos vaqueros y con una camiseta deformada.

Rashid dio un paso adelante y borró con los pulgares las lágrimas de sus ojos. Luego le besó los párpados.

–Necesitas una esposa árabe –dijo ella.

–Te necesito a ti. Yo te elijo a ti. Quiero que seas la madre de mis hijos. La mujer que viva a mi lado. Mi igual. Mi corazón.

Rashid la acarició y ella no pudo pensar con claridad.

–Mi madre...

–Es posible que quiera pasar tiempo en Inglaterra, pero yo he puesto rampas y he hecho accesible el palacio en Amrah –Rashid sonrió–. Yo te elijo a ti.

«Me ama. Él me ama», pensó Polly.

–Y una vez que el poder de Hanif esté seguro podemos vivir incluso en Inglaterra si eso es lo que quieres. Polly, he descubierto que mi vida está vacía sin ti. No puedo concentrarme en nada, no puedo hacer nada...

Polly le acarició las líneas de su frente.

—Yo también te amo, Rashid —le dijo Polly.

Él la abrazó posesivamente.

No había estado seguro de su respuesta. Era increíble, pensó ella.

Y rió dejando que todo su amor fluyera y se reflejara en sus ojos.

—Yo podría vivir en Amrah. Pero lo que no puedo hacer es compartirte —dijo Polly.

Rashid le dio un beso debajo de la oreja y luego otro en un párpado.

—Ni yo a ti —respondió—. Te amaré sólo a ti, hasta que me muera.

Rashid la miró un momento con sus hermosos ojos azules, hasta que estuvo seguro de que ella lo creía.

Y luego la besó apasionadamente.

Jazmín ™

Dos pequeños milagros

Caroline Anderson

Julia no había visto a Max, su marido, desde hacía casi un año, pero acababa de entrar por la puerta y estaba igual de atractivo que siempre.

Max había regresado para solucionar los problemas de pareja con su querida Julia. Pero no esperaba encontrarse con dos niñas gemelas… Una verdadera sorpresa.

Y, de pronto, disponía de dos semanas para demostrar que era el mejor marido y padre del mundo.

¡Doble sorpresa!

Julia™

Kayleen James estaba decidida a asegurar el futuro de aquellas huérfanas, aunque eso implicara desafiar al mismísimo príncipe Asad de El Deharia. Pero el seductor gobernante la sorprendió cuando le ofreció adoptar a las tres pequeñas.

Asad necesitaba desesperadamente una niñera, y Kayleen era la única candidata para el puesto. Pronto, el palacio se llenó de alboroto; y todo por una pelirroja con mucho carácter.

Aunque enamorarse no formaba parte del acuerdo fue algo inevitable. ¿Pero lograría Asad convencerla de que aquel reino exótico era su hogar y de que ella debía ser su princesa y esposa?

El amor del jeque

Susan Mallery

¿Podría una niñera convertirse en princesa?

Bianca™

Cuando el magnate griego Nikos Theakis le ofreció a la afligida Ann Turner un millón de libras por su sobrino huérfano, ella tomó el dinero y se marchó.

Joven, sin un penique y sola, Ann hizo lo que pensaba que sería lo mejor... y aquello la destrozó.

Cuatro años después, decidió aceptar la invitación de la madre de Nikos para ir a Grecia. Allí, y a pesar de que él pensaba que era una cazafortunas, se dejaron llevar por la atracción que sentían el uno por el otro...

El despiadado griego

Julia James

Deseo™

El amante de la princesa

Michelle Celmer

El famoso arquitecto Alexander Rut-
ledge no había vuelto a Morgan Isle
sólo para construir un hotel de lujo.
Había regresado para vengarse de la
princesa Sophie, la caprichosa joven
que había jugado con su corazón de
plebeyo diez años antes.

Su objetivo era seducirla, fría y cruel-
mente, y luego marcharse sin mirar
atrás. Pero al encontrarse con la mujer
elegante y sensual en que Sophie se
había convertido, y al sentir la pro-
funda atracción que seguía habiendo
entre ellos, se preguntó si sería capaz
de irse...

Pretendía vengarse de la realeza